Volker Jochim

Tödliches Sonett

Kommissar Marek und die Lyrik

Kommissar Mareks neunter Fall

Kriminalroman

© 2021 Volker Jochim
Umschlag, Illustration: trediton,
Volker Jochim (Foto)
Calle Lunga/Caorle

Verlag und Druck: tredition GmbH,
Halenreie 42, 22359 Hamburg

1.   Auflage

ISBN
Paperback   978-3-347-33858-6
Hardcover   978-3-347-33859-3
e-Book   978-3-347-33860-9

Printed in Germany

1

Es hatte aufgehört zu regnen und Pfützen reflektierten das fahle Licht der Straßenbeleuchtung, als die wenigen Besucher, es waren so etwa zwanzig, das Teatro Cinema C, das kleine Kino in Concordia Sagittaria verließen.

Die jüngeren unter ihnen gingen schnell hinüber zum Platz vor der Kathedrale. Einem kalten, modernen Platz, der nur zur Straße hin mit ein paar Bäumen gesäumt war und der so überhaupt nicht zur Kirche aus dem 15. Jahrhundert passte. Dort nahmen sie die wenigen Bänke in Beschlag um eine zu rauchen, oder noch etwas zu flirten, während die älteren zu ihren Autos strebten, oder sich beeilten in ihr gemütliches und warmes Heim zu kommen, bevor es wieder anfing zu regnen.

Robert Marek und seine Freundin Silvana waren bei den letzten, die ins Freie traten. Sie hatte ihn überredet sich mit ihr die Abendvorstellung anzusehen und er hatte schweren Herzens eingewilligt.

Gezeigt wurde ein alter amerikanischer Kriminalfilm aus den 1970er Jahren und Silvana stand auf alte amerikanische Filme. Er konnte diese Schinken nicht ausstehen. Für ihn war darin alles völlig überzogen und ohne Atmosphäre. Eben nicht so, wie im französischen *Film Noir*.

Schon im Kino war direkt nach Filmende zwischen ihnen eine hitzige Diskussion entbrannt, die nun im Freien fortgeführt wurde.

„…ich weiß beim besten Willen nicht, was du gegen diesen Film hast. Ich fand ihn großartig", wütete sie.

„Die ganze Geschichte ist völlig abstrus und unlogisch. Und dann noch die Darsteller…"

„Was ist mit den Darstellern? Ich fand diese dänische Schauspielerin bezaubernd."

„Welche dänische…"

„Die Darstellerin der Eileen Wade."

„Auf die kommt's ja nicht an."

„So, auf was denn?"

Silvanas Augen funkelten und auf ihrer Stirn zeigte sich eine Zornesfalte. Kein gutes Zeichen, aber Marek musste noch etwas loswerden.

„Also mir hat Humphrey Bogart in der Rolle des Philip Marlowe wesentlich besser gefallen."

„Ach so, nur weil Elliott Gould nicht so den harten Macho raushängen lässt?"

Marek steckte sich eine Zigarette an und inhalierte tief um sich zu beruhigen. Das konnte jetzt noch endlos so weitergehen und dazu hatte er keine Lust.

An der gegenüber liegenden Ecke stand noch ein Paar, das sich lautstark und gestenreich unterhielt. Offenbar gab es noch mehr kontroverse Meinungen zu diesem Film.

„…akzeptiere das endlich!"

Das war der einzige Wortfetzen, den Marek verstehen konnte, dann lief die junge Frau eilig davon, während der Mann, die Hände in den Manteltaschen vergraben, noch einen Moment stehen blieb. Dann ging auch er hinüber zum Parkplatz.

„Wollen wir nicht noch etwas essen gehen?", fragte Marek plötzlich und warf seine Zigarette in eine Pfütze. „Da unten am Fluss gibt's eine nette Trattoria."

Silvana wurde von dem Themenwechsel überrascht und starrte ihn verdutzt an. Ihr streitbarer Gesichtsausdruck legte sich allmählich.

„Na gut", meinte sie dann generös, „aber aus der Nummer bist du noch nicht raus, mein Lieber."

Das konnte ja noch heiter werden, denn sie war in solchen Dingen sehr hartnäckig.

Um diese Jahreszeit war noch nicht so viel Betrieb in dem kleinen Ort. Die Touristensaison würde erst in zwei bis drei Monaten losgehen. So bekamen sie einen Tisch direkt am Fenster mit Blick auf den kleinen Fluss, dessen graugrünes Wasser träge vorbei floss. Außer zwei älteren Männern, die weiter hinten mit einem Glas Wein vor einem Fernsehgerät saßen, waren sie die einzigen Gäste.

„Auf was hättest du Lust?", fragte Marek, als sie Platz genommen hatten und auch in der Hoffnung, die Diskussion über diesen blöden Film nicht weiterführen zu müssen.

„Irgendetwas Leichtes. Such du aus."

Eine junge Frau steuerte lächelnd auf sie zu, um die Bestellung aufzunehmen. Er wählte eine Platte mit gegrillten Gamberi, gebratenen Jakobsmuscheln und einer gegrillten Dorade. Dazu *Pane Pugliese* und eine Flasche Lugana.

Seine Hoffnung wurde nicht erfüllt. Sobald die Bedienung sich wieder entfernt hatte, legte Silvana nach. Sie war wirklich sehr hartnäckig.

„Also, was ist deiner Meinung nach unlogisch und abstrus in diesem Film?"

„Muss das jetzt sein? Kann das nicht bis nach dem Essen warten?"

„Nein, kann es nicht. Du hoffst ja nur, dass ich es vergesse", entgegnete sie streitsüchtig.

„Na gut", gab er sich geschlagen, „der Anfang geht ja noch."

„Was heißt das?"

„Dass Marlowe seinen Kumpel nach Mexiko gebracht hat, kann man ja nachvollziehen. Es war halt ein Freundschaftsdienst und er hatte Probleme daheim."

„Und was ist mit dessen Frau? Er hätte sich ja mal intensiver nach den Gründen der Probleme erkundigen können."

„Das ging ihn doch überhaupt nichts an."

„Typisch Mann."

„Vorsicht, das ist sexistisch. Wenn Michele mich fragen würde, ob ich ihn…sagen wir nach Treviso fahren könnte, dann würde ich das auch tun und nicht lange fragen, warum?"

„Das kann man ja wohl nicht vergleichen, aber weiter", wischte sie diesen Einwand mit einer Handbewegung beiseite.

„Nun wird es schon unlogisch. Wieso nimmt die Polizei ihn gleich nach seiner Rückkehr fest?"

„Weil die Frau tot ist und er den Mann, der unter Mordverdacht stand, nach Mexiko gefahren hat."

„Und woher wussten sie das? Die Frau war tot und der Mann verschwunden. Wo ist der Zusammenhang mit Marlowe? Dieser Lennox hat doch sicher nicht überall herumerzählt, dass er sich von seinem Kumpel Marlowe nach Mexiko fahren lässt, da er seine Frau ermordet hat und in der damaligen Zeit war die Grenze ziemlich durchlässig."

„Na gut. Punkt für dich", gab sie sich großzügig.

„Dann noch dieses Klischee von einem Gangster, der seine Kohle wieder haben will, die Lennox angeblich mit nach Mexiko genommen haben soll und die plötzlich in Los Angeles wieder auftaucht. Aber die Krönung ist ja wohl, dass diese *Femme fatale* von Marlowe ihren versoffenen Mann suchen lässt, der sich später im Meer ersäuft, während sie mit Marlowe Cocktails schlürft."

„Er hatte Whiskey."

„Ist doch völlig egal was er gesoffen hat."

„Nein, ist es nicht. Wenn du den Film schon filetieren willst, dann bleib wenigstens bei den Tatsachen."

Das Essen wurde aufgetischt.

„Ich gebe mich geschlagen", meinte Silvana beim Anblick der duftenden Köstlichkeiten.

„Wie bitte?", fragte Marek erstaunt. „Du gibst auf?"

„Nur was die Logik angeht. Ich muss leider zugeben, dass vieles nach dem Prinzip Zufall aufgebaut ist. Da muss ich dir recht geben. Der Film hat mir aber trotzdem ausgesprochen gut gefallen."

„Na gut", meinte er und hoffte, dass es beiläufig genug klang und man seine innere Zufriedenheit über den Ausgang des Duells nicht heraushören konnte.

„Das war köstlich", wechselte Silvana nach dem Essen das Thema.

„Noch einen Grappa zum Caffè?"

„Gerne, aber du fährst."

Leichter Nieselregen fiel, als sie zurück zum Parkplatz schlenderten, aber es machte ihnen nichts aus.

„Gehst du morgen mit zum Umzug?", fragte Silvana, als sie zusammen in ihrem Wohnzimmer auf der Couch saßen.

„Welchen Umzug?"

„Falls du es noch nicht mitbekommen hast, es ist *Carnevale. Caorle in Maschera.*"

„Oh Gott", stöhnte er, „muss das sein?"

Schon zu seiner Zeit in Frankfurt war ihm die Faschingszeit mit all ihren Auswüchsen verhasst. Selbst das Fernsehprogramm konnte man in dieser Zeit in die Tonne treten.

„Du kannst es dir ja nochmal überlegen", entgegnete sie schnippisch, „sonst amüsiere ich mich halt alleine. Ich treffe bestimmt jemanden, der mit mir etwas trinkt."

Dieser Gedanke gefiel ihm überhaupt nicht.

„Na gut, wo findet das denn statt?"

„Du lebst doch nicht erst seit gestern hier."

„Hat mich aber nie interessiert. Ich bin der Sache immer großzügig ausgewichen."

„Der Zug geht durch die Altstadt. Das wird bestimmt lustig. Ich stehe meistens auf der Piazza San Pio."

2

Der Wettergott meinte es gut mit den Karnevalisten. Nachdem es gestern den ganzen Tag geregnet hatte, war es aufgeklart und die Wintersonne schien von einem fast wolkenlosen Himmel.

Die Piazza S. Pio X. war schon gut gefüllt, als Marek und Silvana dort eintrafen. Sie mischten sich unter das feierwütige Publikum. Einige hatten Masken auf, wie man sie vom *Carnevale Venezia* kennt, oder trugen Clownsmasken. Von irgendwoher dröhnte laute Musik, die nach Mareks Ansicht die Bezeichnung *Musik* nicht verdiente. Viele junge Leute tanzten durch die Reihen und hatten Prosecco Flaschen in den Händen. Der Lärmpegel war jetzt schon ohrenbetäubend.

„Wie soll das denn noch werden, wenn erst der Zug hier vorbei kommt", dachte er.

„Mach nicht so ein griesgrämiges Gesicht", raunzte Silvana ihn an, „du könntest zur Abwechslung ja auch mal lustig sein."

Er versuchte ein Grinsen, was ihm aber misslang.

Dann tauchte der erste Wagen an der Ecke auf und bog auf die Piazza ein. Marek staunte nicht schlecht. Der Wagen war riesig, grell bunt und reichte fast bis zu den Dachkanten der umliegenden Häuser.

Die Musik wurde lauter und ebenso das fröhliche Gejohle der Zuschauer. Silvana wurde auch mitgerissen bewegte sich im Takt der Techno Songs. Marek konnte damit überhaupt nichts anfangen und sehnte sich nach der Zeit zurück, als man noch Pink Floyd, Led Zeppelin oder die Rolling Stones hörte.

Eine Gruppe Mädchen mit bunten Fantasiekostümen folgte dem Wagen. Danach kam eine Blaskapelle, die gegen die Musik aus den Lautsprechern ankämpfte.

Silvana versuchte ihm etwas zu sagen, aber er konnte sie nicht verstehen. Er machte eine entsprechende Handbewegung und zuckte mit den Schultern.

„Holst du uns etwas zu trinken?", brüllte sie ihm ins Ohr.

Er nickte und war froh dem Trubel kurzzeitig entfliehen zu können. Gegenüber gab es ein Eiscafé, aber dorthin zu gelangen war unmöglich. Die Bar hinter ihnen gab es nicht mehr, also blieb nur noch das Restaurant am Ende der Piazza.

Marek arbeitete sich bis dorthin durch und erstand eine Flasche Wein und mit viel Überredungskunst und ein paar Euro extra auch zwei Gläser. Um noch etwas zu verschnaufen bevor er sich wieder in das

Getümmel stürzen musste, genehmigte er sich noch einen *Caffè corretto*. Dann arbeitete er sich wieder zu Silvana durch.

Mittlerweile war der Umzug in vollem Gang und mit ein paar Gläschen Wein ließ es sich aushalten.

Ein prachtvoll geschmückter Wagen nach dem anderen zog an ihnen vorbei und die Stimmung wurde immer feuchtfröhlicher und ausgelassener. Das alles erinnerte ihn mehr an den berühmten Karneval in Rio, als an das, was er aus seiner Heimat kannte.

Silvana zupfte Marek am Arm.

„Ich muss mal für kleine Mädchen."

„Und wo willst du hier hingehen?"

„Da hinten in der Calle Cancelleria gibt es eine öffentliche Toilette. Warte hier."

„Wo soll ich sonst hin?"

Marek trank den Rest Wein aus, steckte sich eine Zigarette an, lehnte sich an eine Hauswand und sah weiter dem bunten Treiben zu.

Plötzlich wurde er heftig von hinten angestoßen. Er drehte sich um und wollte schon demjenigen Bescheid stoßen der es wagte ihn so anzurempeln, als er sah dass es Silvana war, die mit einem entsetzten Gesichtsausdruck vor ihm stand.

„Was ist denn passiert? Hast du einen Geist gesehen?"

Sie zog ihn aus der Menge bis in die kleine Gasse, in der sie vorhin verschwunden war.

„Was ist denn, *cara*? Du zitterst ja."

„Da hinten in der Toilette liegt eine tote Frau."

„Was? Du bleibst hier stehen. Ich sehe mir das mal an. Wo ist das?"

„Da vorne rechts. Etwa in der Mitte der Calle."

Marek rannte los. Als er vor dem schmalen Gebäude ankam, standen schon einige Leute um eine schreiende, ältere Frau herum, die gestenreich etwas zu berichten hatte.

„Waren Sie hier drin?", fragte Marek.

Sie hielt kurz inne, dann holte sie wieder Luft.

„Ja, stellen Sie sich vor. Ich musste mal und dann finde ich die Tote in dem Klo. Sie sieht schrecklich aus und…"

„Sie bleiben bitte hier draußen", würgte er ihren Redefluss ab, „die Polizei wird gleich Ihre Aussage aufnehmen."

Es war ein seltsames Bild, das sich Marek bot. In einer der Kabinen auf der Damentoilette saß eine junge Frau auf dem Boden. Ihr Rücken war an die Toilettenschüssel angelehnt, der Kopf hing vorneüber nach unten. Es sah aus, als wäre es arrangiert worden.

Er zog sein Handy aus der Tasche und rief Maresciallo Ghetti an. Es dauerte eine ganze Weile, bis er sich meldete.

„*Ciao* Michele, wo steckst du, verdammt?"

„Ich bin mit meiner Freundin auf dem Umzug. Wir sind auf dem Platz vor dem Tourismus Büro, warum?"

„Ich fürchte, deine Freundin muss alleine weiter zuschauen."

„Wieso? Was ist passiert?"

„Ich hab hier eine Leiche in der öffentlichen Toilette in der Calle Cancelleria. Ruf auch gleich Dottore Lovati und die Spurensicherung an. Obwohl ich glaube, dass der Tatort ziemlich versaut ist. Da sind mehrere Leute drin herumgelaufen."

„Gut, mach ich, aber eigentlich habe ich heute frei."

„Jetzt nicht mehr", brummte Marek und beendete das Gespräch.

Die Schar der Neugierigen war größer geworden und drängte jetzt zum Eingang. Marek hatte Mühe sie davon abzuhalten.

„Verschwinden Sie endlich, hier gibt's nichts zu sehen", brüllte er, als die Menge sich weigerte zu gehen, „oder ich lasse alle verhaften wegen Behinderung polizeilicher Maßnahmen."

Das tat seine Wirkung und die Leute wichen, wenn auch nur unwillig, ein paar Meter zurück.

Inzwischen war auch Ghetti eingetroffen.

„Hol ein paar Kollegen, die hier absperren", rief Marek ihm zu, dann zog er ihn in das Gebäude.

„Schöne Bescherung", meinte Ghetti, als er die Tote sah, „hast du schon was gefunden?"

„Nein, hatte noch keine Zeit. Ich musste erst einmal die Gaffer da draußen in Schach halten. Die wären sonst alle hier herein gestürmt."

„Sie sieht noch sehr jung aus. Wie alt schätzt du sie?"

„Bestimmt noch keine dreißig. Aber sieh dir mal ihre Klamotten an."

„Was ist damit?"

„Sehr nobel und bestimmt sehr teuer. Geht man so auf einen Umzug?"

„Stimmt."

„Ich mache nur schnell noch ein paar Fotos, dann warten wir auf Lovati."

„Sieht aus, als wäre sie erdrosselt worden."

„Die Würgemale am Hals sehen eher nach erwürgen mit bloßen Händen aus."

Nachdem Marek seine Fotos gemacht hatte, steckte er sei Handy wieder ein und sie gingen nach draußen. Dort hatten Ghettis Kollegen den Bereich vor dem Gebäude großräumig abgesperrt und die Menge der Neugierigen in Richtung Calle Lunga gedrängt. Von weitem drang der Lärm der ausgelassen feiernden Menschen zu ihnen herüber. Dort hatte niemand etwas von der Tragödie mitbekommen, die sich nur wenige Meter weiter ereignet hatte.

3

„Solltest du nicht mal…", meinte Ghetti und zeigte in die schmale Gasse, wo einige Meter entfernt Silvana an einer Hauswand lehnte und mit zittrigen Händen eine Zigarette rauchte.

„Ja, du hast recht. Ruf mich wenn Lovati da ist."

Marek eilte zu seiner Freundin.

„Geht's?", fragte er unbeholfen. Er war noch nie gut in solchen Dingen.

Sie warf die Zigarette weg und sah ihn mit rot umränderten Augen an. Sie hatte wohl geweint.

„Ja, geht schon. Das arme Ding. Weißt du schon etwas?"

„Sie wurde wohl erwürgt, aber wir haben erst einmal alles so gelassen, bis Dottore Lovati und die Spurensicherung fertig sind."

„Es ist doch verrückt. Da vorne wird *Carnevale* gefeiert und ein paar Meter weiter eine Frau ermordet und niemand bekommt es mit."

„Ist auch besser so, sonst würden noch mehr Leute den Tatort zertrampeln."

„Ich gehe nach Hause, ist das in Ordnung?"

„Sicher, warum nicht?"

„Na, ich habe sie doch gefunden."

„Deine Aussage können wir später immer noch aufnehmen. Ich komme nachher zu dir."

Sie hauchte ihm einen Kuss auf die Wange und ging, ohne sich noch einmal umzudrehen.

Als Marek zurückkam, war Dottore Lovati gerade eingetroffen und hatte sich an die Untersuchung der Leiche gemacht. Wie immer mit der unvermeidlichen Zigarette zwischen den Lippen.

„*Ciao Dottore*, können Sie uns schon etwas sagen?"

„*Ciao Commissario*, schöne Schweinerei sie hier so abzulegen."

„Heißt das, sie wurde nicht hier ermordet?"

„Nein, das heißt nur, dass sie nicht vor der Klo-schüssel ermordet wurde. So wie es aussieht, wurde sie dort drüben bei den Waschbecken erdrosselt, und zwar mit bloßen Händen und von vorne. Dann wur-de sie hierher geschleift und so arrangiert. Die Fo-rensik wird sicher entsprechende Spuren finden, falls nicht zu viele darauf herumgetrampelt sind. Todes-zeitpunkt nicht länger als eine Stunde."

„Dann war Silvana wohl die erste, die sie so gese-hen hat", murmelte Marek.

„Hat sie die Leiche gefunden?", fragte Lovati und steckte sich die nächste Zigarette an.

„Ja. Scheiße, sie hätte ja dem Mörder noch in die Arme laufen können. Das darf ich ihr gar nicht erzählen. Sie ist jetzt noch völlig fertig. Danke Dottore."

„Die Autopsie wird nicht viel mehr ergeben. Papiere hatte sie keine bei sich, aber eines habe ich noch."

Er hielt einen kleinen Zettel hoch.

„Das hier hatte sie in der Hand. Was das bedeutet, müsst ihr herausfinden."

Er reichte Marek das kleine Stück Papier, das in einem Asservatenbeutel steckte, verabschiedete sich und verschwand.

„Was ist das?", fragte Ghetti.

„Keine Ahnung. Mal sehen. Hast du ein Paar Handschuhe für mich."

Ghetti reichte ihm ein Paar Gummihandschuhe und er faltete vorsichtig den Zettel auseinander. Es waren vier Zeilen in einer Art Gedichtform, die er nicht verstand:

> *So neuer Art wollt' ich von Liebe künden,*
> *Daß harter Brust ich tausendfaches Stöhnen*
> *Täglich entpreßt' und tausendfältig Sehnen*
> *In kaltem Herzen drin sich müßt entzünden*

„Was ist das denn?", fragte Ghetti. „So spricht doch heute kein Mensch mehr."

„Das sieht jedenfalls nach den ersten Zeilen eines

Gedichts aus. Es scheint ein etwas älteres Italienisch zu sein. Ich hab so etwas schon einmal gelesen. Dantes Göttliche Komödie ist in einem ähnlichen Stil verfasst."

„Was, du liest Dante?"

„Ja, warum?"

„Kein Mensch liest Dante."

„Doch, ich zum Beispiel, wie du siehst."

„Aha. Na gut und was soll das?"

„Das müssen wir herausfinden. Gib das ins Labor und lass die Leiche zu Lovati bringen, wenn die Spurensicherung fertig ist. Da sie keine Papiere bei sich hatte, müsst ihr alle Vermisstenanzeigen durchgehen und Lovati soll ein brauchbares Foto von ihr machen. Nur für den Fall, dass wir die Presse einschalten müssen. Ach, und nimm noch bitte die Aussage von der Signora da drüben auf, sie hat die Tote auch gesehen."

„Welche meinst du?"

„Die Dicke, die gerade den Leuten da drüben einen Vortrag hält."

„Und was machst du jetzt?"

„Ich muss mich mal um Silvana kümmern und ihre Aussage aufnehmen. Sie war wohl dummerweise die erste am Tatort. Wir sprechen uns, *ciao*."

Doch bevor er ging, holte Marek noch sein Handy

aus der Tasche und machte ein paar Fotos vom Platz des Geschehens. Auch wenn Silvana noch unter Schock stand, würde sie ihm das nie verzeihen, wenn er keine Fotos für ihren Artikel gemacht hätte. Denn dass sie einen schreiben würde, stand außer Frage.

Da sein Lada noch vor Silvanas Haus stand, musste er wohl oder übel zur Viale Falconera laufen.

***

Silvana hatte sich in einer Ecke der Couch zusammengerollt. Auf dem Tisch stand eine Flasche Cognac, der sie schon sehr gut zugesprochen hatte. Der Aschenbecher war auch gut gefüllt.

„*Ciao cara*."

Sie sah ihn mit verweinten Augen an.

„So schlimm?"

„Ich bin ja nicht so abgebrüht wie du", fauchte sie ihn an, setzte sich auf und füllte ihr Glas erneut.

„Entschuldigung. Ich wollte ja nur wissen, wie es dir geht."

„Wisst ihr schon wer sie ist?", wechselte sie das Thema, was ihm sehr entgegen kam.

„Nein, sie hatte keine Papiere bei sich. Kannst du mir schildern, wie du sie gefunden hast, oder wollen wir damit noch warten?"

Silvana wischte sich mit dem Handrücken über die Augen.

„Nein, schon gut. Als ich in die Toilette reinkam, bin ich gleich in die erste Kabine."

„Und dir ist nichts aufgefallen?"

„Nein. Erst als ich mir die Hände gewaschen hatte, sah ich im Spiegel, dass jemand in der anderen Kabine auf dem Boden saß. Ich drehte mich um und sah die tote Frau. Dann bin ich gleich zu dir gerannt. Den Rest kennst du."

„Die Türe war also offen?"

„Ja, sonst hätte ich sie ja nicht sehen können."

„War sonst noch jemand da, oder kam jemand nach dir rein?"

„Nein, es war niemand da. Aber als ich zu dir gelaufen bin, kam mir eine Frau entgegen."

„Wie sah sie aus? Kannst du sie beschreiben?"

Nach Silvanas Beschreibung musste das die Frau gewesen sein, die nach ihr in die Toiletten ging. So wie es aussah, gab es nur zwei Leute, welche die Tote sahen. Silvana und die korpulente Frau, die den Schaulustigen dramatisch ihren Fund im Klo geschildert hatte.

„Wie ist sie gestorben?"

„Wie ich vermutet hatte, sie wurde erwürgt. Mit bloßen Händen, wie es aussieht. Der Mord ist wohl bei den Waschbecken geschehen und dann wurde sie vor der Toilette drapiert."

„Da muss wohl viel Hass im Spiel gewesen sein."

Silvanas Stimme war wieder gefestigt. Das war jetzt wieder die Journalistin in ihr.

„Ich habe für dich ein paar Fotos gemacht. Du wirst ja wahrscheinlich darüber schreiben."

„Danke. Ich wollte dich schon fragen. Natürlich werde ich darüber schreiben. So eine Story, bei der ich auch noch die Hauptzeugin bin, lasse ich mir doch nicht entgehen Du kannst sie hier gleich auf meinen Rechner überspielen."

Er reichte ihr sein Smartphone.

„Mach du das. Ich kenne mich mit den Dingern doch nicht aus."

„Wann lernst du das endlich? Es ist doch nicht so schwer", lachte sie und Marek war erleichtert sie wieder lachen zu sehen.

„Das Ding ist für mich nur zum Telefonieren und ab und zu mal ein Foto zu machen, wenn's sein muss. Das reicht mir auch."

„Dann gib es halt her."

***

„Man kann ja ihr Gesicht nicht erkennen", maulte Silvana, nachdem sie die Fotos überspielt hatte.

„Um ihr Gesicht zu fotografieren, hätte ich die Leiche auf den Rücken legen müssen und das konnte ich nicht, solange die Spurensicherung und Dottore

Lovati nicht fertig waren."

„Und danach…?"

„Bevor die fertig waren wollte ich zu dir und sehen, wie es dir geht."

Sie überlegte einen Moment. Dann lächelte sie versöhnlich.

„Verziehen, danke."

„Aber um dich zu beruhigen, Lovati wird die Tote fotografieren und du bekommst einen Abzug."

„Das hättest du ja auch gleich sagen können."

„Egal wie es ihr ging, wenn sie eine Story witterte, war sie nicht mehr zu bremsen", dachte Marek.

„Aber eines war seltsam. Sie hatte einen Zettel in der Hand mit vier Zeilen eines Gedichts."

„Und was war das für ein Gedicht?"

„Keine Ahnung. Es las sich wie die Dichtungen des 14. Jahrhunderts. So etwa wie Dante, aber ich kann mit dem Text nichts anfangen."

„Hast du es dabei?"

„Nein, ich hab den Zettel ins Labor bringen lassen. Er muss erst untersucht werden."

„Warum hast du kein Foto davon gemacht?"

„Habe ich vergessen, aber irgendetwas kam mir bei der ganzen Geschichte komisch vor. Ich weiß nur nicht was es war."

Etwas hatte sich in seinem Unterbewusstsein festgesetzt, doch er konnte es nicht greifen. Und diese Tatsache machte ihn unruhig.

„Michele überprüft erst einmal alle Vermisstenanzeigen. Vielleicht ist sie ja dabei."

„Bleibst du heute Nacht hier? Bitte, ich möchte nicht alleine sein."

„Sicher. Soll ich uns etwas kochen?"

„Ich habe noch *canneloni al forno* im Ofen. Brauchst du nur warm machen."

***

Nach dem sie gegessen hatten, schrieb Silvana einen ersten Artikel und schickte ihn mit ein paar Fotos in die Redaktion.

„Ist es dir eingefallen?", fragte sie, als sie es sich später mit einem Glas Wein auf der Couch gemütlich gemacht hatten.

„Was meinst du?"

„Du hast gesagt, dir sei etwas komisch vorgekommen."

„Ach so, leider nicht."

4

Sonnenlicht drang durch die Schlitze der Fensterläden und wanderte in hellen Streifen über die Decke
des Schlafzimmers. Marek schlug die Augen auf und
verfolgte das Spiel. Er drehte sich um, doch das Bett
neben ihm war leer. Silvana war schon aufgestanden.

Missmutig warf er seinen Kopf zurück auf das
Kissen. Er hatte schlecht geschlafen. Gefühlt eigentlich gar nicht. Die ganze Nacht hatte er sein Hirn
zermartert um herauszufinden, was ihm am Tatort so
seltsam vorgekommen war. Ohne Erfolg. Entspre-
chend fühlte er sich nun.

Da er von draußen keine Geräusche hörte, warf er
einen Blick auf die Uhr. Es war schon fast zehn. Flu-
chend stand er auf, streckte sich und schlurfte in die
Küche. Von Silvana keine Spur, aber auf dem Tisch
fand er eine Tüte *Cornetti* und eine Nachricht. Sie war
schon früh in die Redaktion gefahren und wollte ihn
nicht wecken.

Seufzend stellte er die Caffettiera, die schon befüllt
bereit stand, auf den Herd, steckte sich eine Zigarette
an und sah aus dem Fenster.

Das schöne Wetter von gestern war wohl nur ein
kurzes Intermezzo. Der Himmel war bedeckt und

von Südwesten zogen schwere Regenwolken heran, die nichts Gutes verhießen.

Er schenkte sich eine Tasse Caffè ein, aß mit Genuss zwei mit Vanillecreme gefüllte Hörnchen und überdachte die Ereignisse des Vortags. Dann rief Ghetti an.

„*Buon giorno, Roberto*. Der Bericht von Dottore Lovati ist gerade eingetroffen und er hat auch das Foto mit geschickt. Soll ich es an dich weiterleiten?"

„Nein, ich bin noch bei Silvana. Ich komme gleich zu dir rüber."

Schnell stieg er unter die Dusche und zog sich an. Er überlegte noch kurz, ob er das Stück laufen sollte, aber so wie es aussah, würde es bald regnen. Also stieg er in seinen alten Lada Niva und fuhr zur Caserma, wo Ghetti auf ihn wartete.

„*Ciao Michele*. Was steht drin?"

„Es ist so, wie er vermutet hatte. Die junge Frau wurde im Bereich der Waschbecken erwürgt. Dafür hat die Spurensicherung auch einige Indizien gefunden. Erwürgt wurde sie mit bloßen Händen und von vorne. Das Zungenbein ist gebrochen, was auf großen Druck schließen lässt."

„Also müssen wir von einem männlichen Täter ausgehen. Silvan meinte, es müsse dabei viel Hass im Spiel gewesen sein."

„Eine Beziehungstat?"

„Möglich, aber warum auf einem öffentlichen Klo? Was ist mit dem Zettel?"

„Auf einem Computer geschrieben. Interessant ist dabei die Schrift."

„Wieso?"

„Laut dem Labor nennt sie sich *Palace Script.*"

„Er wollte wahrscheinlich, dass es wie handgeschrieben aussieht und dabei seine Handschrift nicht preisgeben."

„Könnte sein. Das Papier ist handelsübliches Druckerpapier, aber es wurde auf einem Laserdrucker gedruckt. Die im Labor sagen, sie könnten den Drucker zuordnen…"

„…falls wir ihn finden. Fingerabdrücke?"

„Nur die des Opfers."

„Warum frage ich auch so blöd? Natürlich hat er keine hinterlassen."

„Wieso natürlich?"

„Weil der Täter bisher keinerlei Spuren hinterlassen hat. Oder habt ihr etwas gefunden?"

„Nein, leider nichts."

„Ich wette, der trug Handschuhe, als er sie erwürgt hat, oder hat Lovati Abdrücke bei den Würgemalen gefunden?"

Ghetti überflog den Autopsiebericht und schüttelte den Kopf.

„Nein, nichts."

„Zeig mal das Foto."

Ghetti lud das Bild hoch und drehte seinen Monitor um.

Marek starrte mit offenem Mund auf den Bildschirm.

„Scheiße!"

Er schlug sich mit der flachen Hand auf die Stirn.

„Jetzt weiß ich, was mir gestern so komisch vorkam. Ich habe die Frau schon einmal gesehen."

„Was? Wo denn?"

„Vorgestern. Ich war mit Silvana im Kino in Concordia Sagittaria. Nach der Vorstellung haben wir noch über diesen blöden Film diskutiert. Die Frau war wohl auch im Kino und hat sich später draußen mit einem Mann gestritten. Sie ging dann alleine weg. Er blieb noch kurz stehen bevor er zum Parkplatz hinüber ging."

„Weißt du noch wie er aussah?"

„Sein Gesicht konnte ich nicht sehen. Er stand mit dem Rücken zu mir und er hatte seinen Mantelkragen hochgeschlagen. War ja auch ein Scheißwetter."

Marek dachte kurz nach.

„Er hatte kurze dunkle Haare, war nicht besonders groß und sah eigentlich recht durchschnittlich aus.

Das Alter kann ich schwer schätzen, aber ich würde sagen, dass er so zwischen dreißig und vierzig war."

„Das trifft ja dann auf etwa dreißig Prozent der männlichen Bevölkerung zu."

„Tut mir leid, aber hätte ich gewusst, dass er die Frau später umbringt, hätte ich mir seine Papiere zeigen lassen."

„Ist ja schon gut. Es wäre halt nur zu schön gewesen."

„Du sagst es, aber so ein Glück haben wir leider nie", seufzte Marek. „Da fällt mir ein, dass sie irgendwas zu ihm sagte. Es waren nur Wortfetzen, die ich hören konnte. Es klang so wie *…kapiere das endlich*, oder *…akzeptiere das endlich!*"

„Klingt für mich nach Streit. Vielleicht hat sie Schluss gemacht und er hat sich dafür gerächt."

„Ja, vielleicht", meinte Marek, aber es klang so, als wäre er davon nicht überzeugt. „Hat die Vermisstendatei etwas ergeben?"

„Nein, bisher nicht, aber ich bin noch dran."

„Gut, dann mach mir mal bitte eine Kopie von dem Zettel. Vielleicht finde ich ja heraus, was es damit auf sich hat. Ach und noch etwas. Könntest du bitte das Foto an Silvana schicken? Ich hab's ihr versprochen."

„Du weißt doch, dass ich das nicht darf."

„Dann schick es halt zu mir."

***

Als Marek nach Hause kam, durchforstete er sofort seine Bücherregale nach entsprechender Literatur.

Ein literarischer Frauenmörder – das hatte ihm gerade noch gefehlt.

Außer Shakespeare, Dante und Boccaccio konnte er aber nichts Passendes finden.

Dann fiel ihm ein, dass Ghetti ja das Foto schicken wollte. Er leitete die E-Mail mit dem Bild der Ermordeten an Silvana mit der Bitte weiter, dass sie das Foto noch nicht veröffentlichen sollte. Kurz darauf rief Silvana an.

„Was soll das?"

„Was soll was?"

„Warum soll ich das Foto nicht veröffentlichen?"

„Weil es im Moment noch nicht den Ermittlungen dient."

„Und wieso schickst du mir es dann überhaupt?", wütete sie weiter.

Marek versuchte ganz ruhig zu bleiben.

„Weil du es haben wolltest und ich es dir versprochen habe."

„Na gut", lenkte sie ein, „danke."

„Wie wäre es, wenn wir heute Abend zu Rosa es-

34

sen gehen würden?"

„Na gut. Um acht?"

„Prima, bis dann."

***

Vice Commissario Maurizio Simeone kam von einem Kurzeinsatz zurück in die Questura von Portogruaro und warf seinen Mantel auf den Garderobenständer.

„Habt ihr was davon gehört, dass man in Caorle eine ermordete Frau gefunden hat?", fragte er seinen Kollegen, Ispettore Scarpa.

Der sah von seinen Papieren auf, die er gerade bearbeiten musste.

„Nein, hier ist nichts bekannt. Wo haben Sie das denn gehört?"

„Das hat mir jemand erzählt, der gestern in Caorle beim *Carnevale* war."

„Ach so. Aber selbst wenn, ginge uns das ja nichts an, oder?"

„Na ja, du hast recht. Wäre aber halt mal wieder was anderes, als Einbrüche oder Diebstähle."

„Ich würde mich nicht darum reißen", entgegnete Scarpa und widmete sich wieder seinen Formularen.

„Du vielleicht nicht", meinte Simeone und ließ sich auf seinen Stuhl fallen.

Er lehnte sich zurück und betrachtete die zahlrei-

35

chen Risse im Verputz der Decke.

„Was ist?", fragte Scarpa und sah seinen Vorgesetzten an. „Sie meinen das ernst, oder?"

„Ja sicher", erwiderte Simeone nach einer Weile, ohne jedoch die Risse aus den Augen zu lassen, die er gedanklich miteinander verband, bis sie ein Muster ergaben.

„Stell dir vor ich würde so einen Fall lösen, dann könnte ich vielleicht Commissario werden."

„Vielleicht", meinte Scarpa, „aber so schnell geht das hier sicher nicht."

Damit war für ihn das Thema beendet und er beschäftigte sich wieder mit seinem Papierkram.

5

Als Silvana in der Trattoria eintraf, saß Marek bereits an ihrem angestammten Tisch und futterte ein paar *Grissini*.

„Ich bin doch nicht zu spät?", fragte sie und sah auf ihre Armbanduhr.

„Nein, alles gut. Ich hatte nur nichts anderes zu tun und Hunger habe ich auch."

Rosangela Vianelli, die Patrona, eilte herbei um die Bestellung ihrer Lieblingsgäste persönlich aufzunehmen.

„*Salve*, habt ihr das schon gehört?"

„Was haben wir gehört?", fragte Marek, obwohl er sich denken konnte was sie meinte.

„Na das von der toten Frau in der Toilette."

„Ja natürlich, ich habe sie ja gefunden", entfuhr es Silvana, die sich gleich danach auf die Lippen biss.

„Was?"

Rosa schnappte nach Luft wie ein Karpfen auf dem Trockenen und ließ sich auf einen Stuhl fallen.

„Du Ärmste. Jetzt brauchst du aber etwas Kräftiges zu essen", entschied sie sofort. „Ich mache euch *cotechino in galera* und dazu Rosmarinkartoffeln aus dem Ofen. Was haltet ihr davon?"

„Klingt hervorragend."

Marek lief schon das Wasser im Mund zusammen.

„Und dazu eine Flasche Bardolino bitte."

„Kommt sofort und dann musst du mir alles genau berichten."

***

Rosa ließ nicht locker, bis das Essen serviert wurde und Silvana ihr alles bis ins Detail erzählt hatte.

In stiller Vereinbarung wurde während des Essens nicht über den Fall gesprochen. Nach dem ausgezeichneten und üppigen Mahl bestellte Marek noch Grappa und Caffè.

„Wisst ihr denn jetzt wer die Frau ist?", begann Silvana.

„Nein, leider noch nicht. Wenn die Vermisstendatei nichts ergibt, werden wir das Foto an die Presse geben."

„Ich bekomme aber einen Vorsprung. Das ist dir ja wohl klar."

„Sicher, ein paar Stunden kann Michele es wohl herauszögern. Aber was ich dir noch sagen wollte, ich habe die Frau schon einmal gesehen."

„Was? Wo?"

„Ich sagte dir doch, dass mir am Tatort etwas komisch vorkam. Als mir Ghetti heute das Foto zeigte, fiel es mir wieder ein. Du erinnerst dich doch an un-

38

seren Kinoabend…"

„…der dir ja nicht gefallen hat."

„Ich meinte nicht den Film, sondern danach, als wir vor dem Kino diskutierten. Da stand doch an der Ecke gegenüber ein Paar, das sich stritt. Sie ist dann alleine weggegangen und er blieb noch etwas stehen, bevor er zum Parkplatz ging."

„Was dir alles auffällt."

Silvana versuchte sich die Situation ins Gedächtnis zu holen.

„Stimmt, da standen zwei. Und was ist damit…oh, du meinst, das war die Frau?"

„Genau."

„Dann war der Mann ja vielleicht ihr Mörder."

„Könnte sein, muss aber nicht zwangsläufig. Noch etwas. Ich habe hier eine Kopie der Verszeilen, die sie in der Hand hielt."

Er schob Silvana die Kopie über den Tisch zu.

„Kannst du damit was anfangen?"

Sie überflog die Zeilen und schüttelte dann den Kopf.

„Nein, das sagt mir nichts. Nur derjenige, der dieses Gedicht schrieb, war unsterblich verliebt."

„Und dann schreibt man so etwas?"

„Du natürlich nicht, du grober Klotz", lachte Silvana.

„Danke!", tat er beleidigt.

„Kommst du mit zu mir?"

„Wenn du mich groben Klotz aushältst."

„…wenn du mir die Füße kraulst…", lachte Silvana und zog ihn mit sich nach draußen.

***

Emma Fabri saß an diesem Karnevalsdienstag müde, traurig und resigniert an einem kleinen Tisch in einer dieser neuen Bars, in denen alles, von der Beleuchtung bis zu den Möbeln, aus glänzendem Plastik gefertigt war und die den Charme eines Kühlhauses versprühten.

Ihr Freund hatte sie am Vortag einfach abserviert und war mit einer Zufallsbekanntschaft verschwunden, die er an *Carnevale* beim Umzug getroffen hatte.

Emma hatte sich vorgenommen ihren Frust zu ertränken und saß nun vor ihrem dritten Cocktail. Doch von diesem süßen Zeug wurde ihr nur übel.

Sie war extra von La Salute di Livenza nach Caorle gefahren, da sie hier niemand kannte. Es wäre ihr zu peinlich gewesen in ihrem Wohnort betrunken in einer Bar gesehen zu werden.

Als nächstes bestellte sie sich einen Wodka. Ihr Freund…ihr Ex-Freund hatte ihr einmal gesagt, dass man Wodka bei einer Kontrolle nicht riechen könnte.

Draußen vor dem Fenster der Bar stand ein Mann

und spähte ins Innere. Er wollte schon weitergehen, als er sich noch einmal kurz umdrehte und die junge Frau alleine an einem Tisch an der Wand sitzen sah. Er schlug seinen Kragen hoch und ging hinein. Die junge Frau war der einzige Gast. Er setzte sich an die Bar mit Blickkontakt zu ihr und bestellte sich einen Cognac.

„Die junge Dame sieht so traurig aus, was trinkt sie gerade?", fragte er den jungen Mann hinter dem Tresen.

„Im Moment Wodka, aber sie hatte auch schon ein paar Cocktails."

„Dann bringen Sie ihr doch bitte noch einen Wodka auf meine Rechnung."

„Der ist von dem Mann an der Theke, Signorina."

Emma wirkte zuerst etwas irritiert, dann lächelte sie, hob ihr Glas und prostete dem fremden Mann zu. Der Mann nahm sein Glas und kam zu ihr an den Tisch.

„Darf ich mich zu Ihnen setzen?"

„Ja, warum eigentlich nicht."

„Sie wirkten so verloren, so einsam."

„Tja, das haben Sie gut erkannt. Mein Freund hat mich gestern einfach abserviert."

„Das ist ja ein Zufall. Meine Freundin hat mich hier während des Umzugs verlassen."

„Oh, bei mir war es auch während des Umzugs."

„Dann sind wir so etwas wie Seelenverwandte. Ich heiße übrigens Alessandro."

„Ich bin Emma."

„Noch etwas zu trinken?"

„Gerne, es tut gut mit jemandem zu reden."

Der Mann bestellte eine Flasche Prosecco und eine Stunde später verließen sie gemeinsam die Bar.

Sie schlenderten durch die verlassene Altstadt und als sie den alten Friedhof erreichten, blieb er plötzlich stehen und packte sie bei den Armen. Emma erschrak.

„Sie tun mir weh."

„Emma, ich liebe dich. Du darfst mich nie wieder verlassen. Wir sind für immer vereint."

Pure Angst krampfte Emmas Herz zusammen. Auf was hatte sie sich da eingelassen. Mit einem Mal war sie stocknüchtern.

„Lassen Sie mich los! Ich will jetzt nach Hause."

„Das geht nicht", sagte der Mann, „du gehörst mir, für immer und ewig."

„Sie sind ja verrückt!", schrie sie ihn an und versuchte sich loszureißen. Dabei sah sie den irren Ausdruck in seinen Augen.

Doch der Mann legte seine behandschuhten Hände um ihren Hals und drückte langsam zu.

„Wenn ich dich nicht haben kann, dann keiner", flüsterte er heißer und beobachtete, wie das Leben in ihren Augen langsam erlosch.

***

Am nächsten Morgen wurde Marek unsanft vom Klingeln seines Handys aus einem schönen Traum geweckt. Er hatte geträumt, dass er an einem riesigen alten Schreibtisch saß und mit einem Federkiel die süßesten Liebesgedichte zu Papier brachte.

Er beschloss das Klingeln zu ignorieren und drehte sich um.

Es war bestimmt Ghetti, der ihm sagen wollte, dass der Fall geklärt sei.

Gut, dann konnte er ja weiter schlafen. Er versuchte wieder Anschluss an seinen Traum zu finden, aber es wollte ihm nicht gelingen und das Telefon klingelte unbarmherzig weiter.

Schweren Herzens erhob er sich und griff nach dem Störenfried.

„*Buon giorno, Roberto*", meldete sich Ghetti. „Ich wollte dir nur Bescheid sagen, dass die Vermisstendatei nichts ergeben hat. Mambretti hat grünes Licht für die Veröffentlichung des Fotos in der Presse gegeben."

„Gut", stöhnte Marek, „aber halte das Foto noch bis zum Nachmittag zurück, sonst bringt Silvana mich um."

„Aber selbstverständlich", lachte Ghetti, „du wirst ja schließlich noch gebraucht."

„*Grazie, ciao*."

Silvana war wohl schon wieder unterwegs, aber sie hatte ihm in der Küche seine *Cornetti* bereitgestellt. Daneben lag eine Notiz, dass sie in der Redaktion sei und darunter hatte sie mit ihrem roten Lippenstift einen Kuss aufgedrückt.

Marek musste schmunzeln, setzte seinen Caffè auf und rief Silvana an um ihr mitzuteilen, dass sie das Foto nun veröffentlichen konnte.

„Die anderen Zeitungen bekommen das Bild erst heute Nachmittag."

„Danke, dann lege ich gleich los. *Ciao*."

Damit war das Gespräch beendet. Silvana war voll in ihrem Element.

Marek schenkte sich eine Tasse ein, steckte sich eine Zigarette an und sah aus dem Fenster. Das Wetter hatte sich nicht geändert. Es war grau und nass. Jetzt hieß es erst einmal abwarten, bis die Identität des Opfers geklärt war.

Was ihn aber noch viel mehr beschäftigte, waren die Verszeilen, welche die Tote in der Hand hielt. Was hatte es nur damit auf sich?

***

Am frühen Nachmittag erschien eine Sonderausgabe des Gazzettino mit dem Foto der Toten auf der Titelseite und der Telefonnummer der Carabinieri in Caorle.

Ghettis Telefon lief heiß. Mindestens ein Dutzend Leute behaupteten die Frau auf dem Bild zu erkennen und alle hatten einen anderen Namen parat. So soll sie Kellnerin in einer Trattoria in Eraclea gewesen sein, oder Verkäuferin in einer Boutique in Jesolo. Auch Kassiererin einer Tankstelle in San Stino di Livenza. Alle Rückfragen ergaben aber, dass diese Personen sich noch bester Gesundheit erfreuten.

Ghetti wollte sich gerade einen Caffè machen, als das Telefon schon wieder läutete. Zuerst wollte er es ignorieren, entschied sich aber dann doch das Gespräch entgegen zu nehmen.

„Sind Sie für die tote Frau aus der Zeitung zuständig?", meldete sich eine äußerst aufgeregte Frauenstimme.

„Ja, mit wem spreche ich bitte?"

„Mein Name ist Rosario, Angelina Rosario."

„Signora Rosario, sie kennen also diese Frau auf dem Foto? Sind Sie da ganz sicher?"

„Aber ja, ich habe ihr doch eine kleine Wohnung vermietet."

„Sie sind ihre Vermieterin? Wie ist denn der Name

45

der jungen Frau?"

„Sofia De Luca. Ein nettes, ruhiges Mädchen."

„Und wo ist die Wohnung?"

„In der Via Istria in Portogruaro."

„Wissen Sie, was sie gemacht hat? Ich meine, womit hat sie ihr Geld verdient?"

„Sie war Sekretärin in einer Anwaltskanzlei."

„Gut, haben Sie vielen Dank Signora. Ich werde die örtlichen Kollegen vorbeischicken. Die werden alles protokollieren. Wie ist denn Ihre Adresse?"

„Ich wohne im gleichen Haus…"

Ghetti schrieb sich noch die Hausnummer und die Telefonnummer auf und informierte seine Kollegen vor Ort. Dann rief er Marek an.

„*Ciao Roberto*, ich hoffe ich störe dich nicht."

„Nein, gibt es etwas Neues?"

„Wir haben jetzt einen Namen. Nachdem die halbe Region die Frau erkannt haben wollte, rief mich eben eine Signora aus Portogruaro an."

„Und sie ist glaubwürdig?"

„Ja, sie ist die Vermieterin der Toten. Die junge Frau hieß Sofia De Luca und war Sekretärin in einer Anwaltskanzlei. Ich habe die Kollegen dort schon informiert. Die nehmen die Aussage auf und untersuchen die Wohnung."

„Gut, wir brauchen aber noch ein paar Hintergrundinformationen zu dieser Sofia. Bin gespannt, was deine Kollegen dort finden."

Nachdem das Gespräch beendet war, rief Marek noch Silvana an, um sie über den neuesten Stand zu informieren.

6

Padre Bernardo war vorrübergehend von Treviso nach Caorle versetzt worden, um den erkrankten Pfarrer zu vertreten, der sich nach einem Infarkt noch im Krankenhaus befand.

Er wollte für eine Abendandacht in der Chiesa Madonna dell' Angelo den Altar richten und sein Weg dorthin führte ihn am alten Friedhof vorbei. Kurz bevor er die Salita dei Fiori erreichte, blieb er einen Moment stehen und drehte sich um.

Irgendjemand hatte wieder das Tor zum Friedhof offen stehen lassen.

Er ging zurück um es zu schließen.

„Ob die Leute das mit ihren Haustüren auch so handhaben?", fragte er sich.

Er hatte das Tor schon fast zugezogen, als er aus dem Augenwinkel heraus auf der linken Seite der Mauer ein Bein bemerkte. Vorsichtig drehte er sich um. Das Bein gehörte einer Frau und diese Frau saß angelehnt an der Wand, die Augen weit aufgerissen und sie war zweifellos tot.

Padre Bernardo brauchte einen Moment, bis er sich gefasst hatte. Dann bekreuzigte er sich und sprach ein kurzes Gebet. Er war schon versucht der

Toten die Augen zu schließen, ließ es dann aber bleiben und kramte sein Handy aus der Tasche.

***

„Was gibt's Michele?", nuschelte Marek ins Telefon, nachdem er herzhaft in sein mit Schinken und Käse belegtes *Panino* gebissen hatte.

„Wir haben eine weitere Leiche. Das solltest du dir ansehen."

„Was? Wo ist das?"

„Auf dem alten Friedhof."

„Bin schon unterwegs."

Marek warf sein angebissenes *Panino* auf den Teller, zog seine Jacke über und verließ das Haus.

Ein paar Minuten später stellte er seinen Lada in der Salita dei Fiori ab und rannte hinüber zum Friedhof, wo Ghettis Kollegen schon alles abgesperrt hatten. Ghetti selbst erwartete ihn am Tor.

„Hier, gleich links an der Mauer."

„Scheiße", entfuhr es Marek, als er die Tote sah, „sie ist ja auch noch so jung."

„Du glaubst, dass es der gleiche Täter war?"

„Sieht so aus. Sie wurde auch erwürgt. Lovati wird es uns genauer sagen können."

Er steckte sich eine Zigarette an.

„Wer hat sie gefunden?"

„Padre Bernardo. Er wartet draußen."

„Was? Ein Padre?"

„Ja, warum?"

„Das ist ja ein richtiges *dèjá vue*. Letztes Jahr fanden wir doch hier die ermordete Anwältin und da wartete auch ein Priester draußen."

„Nur dass der damals auch gleichzeitig der Mörder war."

„Hast du ihn schon befragt?"

„Ja. Er war auf dem Weg zur Madonna dell' Angelo um die Andacht vorzubereiten…"

„…genau wie damals."

„…und dabei bemerkte er, dass das Tor offenstand. Als er es schließen wollte, sah er ein Bein der Toten und ging hinein."

„Hat er etwas angefasst?"

„Er wollte ihr die Augen schließen, hat es aber dann gelassen."

„Wenigsten das. Wissen wir wer sie ist?"

„Ja, sie hat einen Ausweis auf den Namen Emma Fabri, vierundzwanzig Jahre alt und wohnhaft in La Salute di Livenza, Via IV Novembre."

„Gut, dann kannst du ja gleich die Kollegen dort informieren. Ah, da kommt Lovati."

„*Ciao Dottore.*"

„*Ciao Commissario, ciao Michele.* Bei euch wird man ja nicht arbeitslos."

Der Pathologe steckte sich eine neue Zigarette an und Marek konnte sich nicht daran erinnern, ihn schon jemals ohne Glimmstängel gesehen zu haben.

„So, was haben wir denn heute wieder?"

„Schon wieder eine junge Frau. Sie sitzt da drin."

Lovati machte sich umgehend an die Arbeit und nach ein paar Minuten erhob er sich.

„Tod durch erwürgen. Es sind die gleichen Würgemale, wie bei der Toten auf der Toilette."

„Dann war es der gleiche Täter?"

„Ziemlich sicher. Sehen Sie hier."

Lovati hielt Marek einen kleinen Zettel hin, den Ghetti sofort eintütete.

„Den hatte sie in der Hand. Den Rest wie immer nach der Obduktion. *Ciao, ciao*."

„Danke Dottore."

Ghetti hielt Marek den Plastikbeutel mit dem Zettel hin.

„Schon wieder so ein komisches Gedicht."

Verfärbt würd' oft ich schönes Antlitz finden,
Mitleidiger den Blick, getaucht in Thränen,
Wie Solche pflegen, die ob eignem Wähnen
Und fremder Schmach vergebens Reu' empfinden

„Das passt genau zu den anderen Zeilen. Vielleicht stammt es auch aus demselben Gedicht. Eventuell weiß Silvana, wen man dazu fragen könnte."

***

Als Marek zurück in seine Wohnung kam ging er direkt in sein Arbeitszimmer, griff nach dem Telefon und informierte Silvana.

„…und schon wieder so ein junges Ding."

„Kann ich das bringen, oder behindert das wieder eure Ermittlungen?"

„Du kannst alles bringen, auch den Wohnort. Nur die Adresse nicht."

„Und warum?"

„Weil die Kollegen noch nicht dort waren und wir nicht wissen, ob sie alleine dort wohnt."

„Aber in einem so kleinen Ort kennt ohnehin jeder jeden. Da wissen die Nachbarn doch sofort Bescheid."

„Stimmt, aber lass es bitte trotzdem."

„Na gut", stimmte sie widerwillig zu. *Ciao.*"

„Moment noch. Sie hatte doch wieder solche Verszeilen in der Hand. Kennst du vielleicht jemanden, der sich damit auskennt?"

„Ich höre mich mal um. Bis später."

***

Die Dämmerung war bereits heraufgezogen, als Vice Commissario Simeone seinen Dienstwagen vor der Caserma der Carabinieri in Caorle parkte und das Gebäude betrat.

„Commissario Simeone. Ich möchte zu Maggiore Mambretti", rief er einem Brigadiere zu, der an ihm vorbeieilte.

„Erster Stock rechts, am Ende des Gangs."

„*Grazie*."

An der Tür des Sekretariats klopfte er kurz an und betrat sofort den Raum, ohne abzuwarten. Signorina Rigato, die Sekretärin Mambrettis, sah ihn missbilligend an.

„Sie wünschen?"

„Vice Commissario Simeone. Ich möchte zu Maggiore Mambretti."

„Haben Sie einen Termin?"

„Nein, den brauche ich auch nicht…"

„Dann tut es mir leid…"

„…aber ich habe das hier."

„Was ist das?"

„Ein Beschluss des Staatsanwalts, also?"

Die selbstgefällige und arrogante Art dieses Mannes war ihr zuwider. Wortlos wandte sie sich ab, ging zum Büro ihres Chefs und meldete den Besucher an.

„Wissen Sie was er will?"

„Nein, er hat nur ein Schreiben des Staatsanwalts."

Mambretti ahnte, dass dies nichts Gutes verhieß.

„Na gut, dann lassen Sie ihn herein."

Simeone baute sich vor Mambrettis Schreibtisch auf und hielt ihm ein Blatt Papier vor die Nase.

„*Buona giornata, Maggiore*. Ich habe hier ein Schreiben der Staatsanwaltschaft aus dem hervorgeht, dass der Fall der ermordeten Frau der Questura von Portogruaro übertragen wird."

Mambretti beugte sich missmutig vor, nahm das Schreiben und überflog es kurz.

„Daraus geht aber keine Begründung hervor."

„Die Begründung ist die, dass die Ermordete aus Portogruaro stammt, wie wir der Zeitung entnehmen konnten."

„Aber ermordet wurde sie bei uns, was ebenfalls in der Zeitung stand."

„Wie Sie sehen, sieht der Staatsanwalt das anders und damit ist es ab sofort unser Fall. Sie dürften ja mit Ihren Ermittlungen auch nicht gerade sehr viel weiter gekommen sein."

„Ich weiß zwar nicht wie Sie zu diesem Schluss kommen, aber wenn Sie der Meinung sind…"

„Dürfte ich dann um die Ermittlungsakte bitten?"

„Da wir ja, wie Sie es sagten, nicht viel weiter gekommen sind, steht da auch noch nichts drin. Das Ergebnis der Spurensicherung und den pathologischen Bericht lasse ich Ihnen zuschicken. *Arrivederci Vice Commissario*."

Aus jeder dieser Silben klang tiefe Ablehnung. Mambretti drehte sich mit seinem Drehstuhl um und sah aus dem Fenster. Damit bedeutete er seinem ungebetenen Besucher, dass für ihn das Gespräch beendet war.

Was bildeten die sich eigentlich ein? Seine Einheit hatte schon viele solcher Fälle erfolgreich aufgeklärt.

Nachdem Simeone gegangen war, rief Mambretti Signorina Rigato zu sich.

„Signorina, sagen Sie bitte Ghetti Bescheid, dass wir den Fall abgeben müssen und er die Ermittlungsakte in die Questura nach Portogruaro schicken soll. Aber nur das wirklich notwendigste", ergänzte er mit einem Augenzwinkern.

„Natürlich Signor Maggiore", erwiderte die Signorina mit dem Anflug eines leichten Lächelns.

***

Nachdem Ghetti die Anweisung erhalten hatte den Fall abzugeben, kochte er innerlich vor Wut. Umgehend informierte er Marek.

„Stell dir vor, da kam vorhin ein Vice Commissario aus Portogruaro zu Mambretti, wedelte mit einem Beschluss des Staatsanwalts herum und verlangte dann die Ermittlungsakte."

„Und was sagte dein Chef dazu?"

„Ihm blieb ja nichts anderes übrig als einzuwilligen, aber er gab Signorina Rigato den Auftrag mir auszurichten, dass ich nur das Notwendigste in die Questura schicken soll. Was meint er damit?"

Marek musste schmunzeln.

„Das bedeutet, dass Mambretti das Feld nicht kampflos räumen will. Er deutet damit unverfänglich an, dass wir im Hintergrund weiter machen sollen."

„Oh, so hab ich das noch gar nicht gesehen. Was soll ich denen denn nun schicken?"

„Zuerst einmal kopierst du natürlich alles, was wir haben. In der offiziellen Akte lässt du nur das Übliche. Bericht vom Tatort, wobei du die Zeugenaussage von Silvana entfernen könntest. Wäre mir lieber. Dazu noch den Autopsiebericht und die Aussage der Vermieterin. Sehr viel mehr haben wir ja leider auch nicht. Haben deine Kollegen sich schon gemeldet?"

„Ja, sie haben mir alles per Mail geschickt."

„Das bleibt dann erst einmal bei dir. Du hast es erst gesehen, als die Akte schon unterwegs war. Den Rest sollen die selbst herausfinden."

„Hoffentlich nimmt uns niemand auch noch den neuen Fall weg."

„Wieso?"

„Na, La Salute di Livenza liegt auch gerade noch

im Zuständigkeitsbereich der Questura von Portogruaro."

„Bis jetzt hat sich ja noch niemand diesbezüglich
gemeldet und wenn doch, dann weißt du ja Bescheid,
die bekommen nur das nötigste. *Ciao Michele*."

7

Vice Questore Poletto lehnte sich in seinem Sessel zurück, faltete die Hände über den ansehnlichen Rundungen seines Bauches und fixierte sein Gegenüber.

„Nun Simeone, was haben Sie bis jetzt?"

Der Vice Commissario verlagerte unsicher sein Gewicht von einem Bein auf das andere.

„Zugegeben noch nicht sehr viel, Vice Questore. Die Akte, die wir aus Caorle bekamen, gab nicht so viel her. Nur ein paar Zeugenaussagen und der Autopsiebericht."

„Bringen uns die Zeugenaussagen weiter?"

„Ich fürchte nicht. Nur eine Zeugin hatte die Leiche gesehen, die anderen waren alle vor dem Gebäude und hatten das meiste vom Hörensagen."

„Na, wenigstens waren die auch nicht viel weiter. Ich muss Sie wohl nicht daran erinnern Simeone, wie wichtig der Fall jetzt für uns ist. Ich habe mich beim Staatsanwalt dafür stark gemacht, dass Sie den Fall bekommen, nun machen Sie was draus. Haben wir uns verstanden?"

„Absolut, Vice Questore. Sie können sich auf mich verlassen."

Marek hatte recht gut geschlafen und ausgiebig gefrühstückt und nun schlenderte er, die Hände in den Taschen seiner Jacke vergraben, die Promenade entlang.

Das Wetter war zwar nach wie vor trist und kühl, aber zumindest hatte es aufgehört zu regnen. Er braucht frische Luft um seinen Kopf durchzulüften.

Er hatte den *Carnevale* in diesem Jahr heil überstanden. Zumindest bis auf den Umzug, zu dem Silvana ihn nötigte. Doch so schlimm wie es war, dass sie eine Leiche fand, konnte er dieser Tatsache doch was Positives abgewinnen – er hatte wieder etwas zu tun und dafür benötigte er einen klaren Kopf.

Eigentlich war das ja nicht so geplant, als er vor fast vier Jahren seinen Lebensmittelpunkt von Frankfurt nach Caorle verlegte. Hier wollte er als Pensionär ein ruhiges Leben führen und nun ermittelte er mit Ghetti zusammen bereits im wievielten…? Er musste kurz überlegen. Es war tatsächlich schon der neunte Fall. Offenbar war er nicht für den Ruhestand gemacht.

Er stützte sich auf die Begrenzungsmauer und sah auf die graue Wasserfläche hinaus, die irgendwo in weiter Ferne übergangslos mit dem grauen Horizont verschmolz.

Ghettis Kollegen hatten die Wohnung der Toten untersucht. Sie lebte dort alleine, aber Nachbarn konnten berichten, dass in letzter Zeit häufiger ein junger Mann zu Besuch kam. Sie konnten nicht nur eine genaue Beschreibung abgeben, sondern hatten sogar Fahrzeugmarke und Kennzeichen notiert. Sonst wurde aber nichts Verwertbares gefunden.

Welches Schwein ermordete zwei junge Frauen auf solch eine bestialische Art und Weise. Hatte er Spaß daran ihnen beim Sterben in die Augen zu sehen? Und was sollen dann andererseits diese rührseligen Verse eines Liebesgedichts? Wie passte das zusammen?

Er machte sich auf den Heimweg. Unterwegs erstand er noch ein Pfund *Cannoli* und den Gazzettino.

Zu Hause bereitete er sich einen Caffè, stopfte sich ein *Cannolo* in den Mund und suchte in der Zeitung nach Silvanas Artikel, den er im Regionalteil fand.

Kurz darauf rief Ghetti an.

„*Ciao Michele*. Gibt's was Neues?"

„Ja, wir haben einen Zeugen, der die Tote gestern noch gesehen hat. Er ist gleich hier und ich dachte…"

„Bin schon unterwegs."

„Endlich", dachte Marek, zog seine Jacke über, stopfte sich noch ein *Cannolo* in den Mund, klopfte sich den Puderzucker vom Hemd und machte sich auf den Weg zur Caserma.

***

Brigadiere Salino von der Carabinieri Station San Stino di Livenza stellte seinen Wagen vor einem Mehrfamilienhaus in der Viale Trieste ab. Er wollte gerade die Klingel betätigen, als unvermittelt die Haustür geöffnet wurde und eine ältere Frau erschien.

„Zu wem wollen Sie denn?", fragte sie neugierig.

„Zu Renato Galluzzo."

„Der ist nicht da."

„Sind Sie sicher?"

„Sicher bin ich sicher. Ich bin ja seine *Nonna*."

„Und wo finde ich ihn?"

„Was wollen Sie denn von ihm?"

Der Brigadiere holte tief Luft.

„Signora, bitte! Ich muss ihm ein paar Fragen stellen. Nun?"

„Der arbeitet in einer Autowerkstatt. Die Straße runter und am Kreisel links. Ist ein anständiger Junge. Der hat bestimmt nichts ausgefressen."

„Habe ich ja auch nicht gesagt. Danke Signora."

Salino stieg in seinen Wagen und fuhr das Stück zur Werkstatt. Vor einem der offenen Tore stand ein junger Mann in einem grauen Overall. Das könnte er sein.

„Signor Galluzzo?"

Der junge Mann sah den Carabiniere argwöhnisch an.

„Ja."

„Kann ich Ihnen ein paar Fragen stellen?"

„Worüber?"

„Über Ihre Freundin Emma Fabri."

„Die brave Emma", lachte Galluzzo, „was hat sie denn angestellt? Im Übrigen sind wir nicht mehr zusammen."

„So? Wir haben da andere Informationen. Wann haben Sie sich denn getrennt?"

„Vor ein paar Tagen. Beim *Carnevale* in Caorle. Es passte schon eine Weile nicht mehr. Sie hat so geklammert, als wären wir ein altes Ehepaar. Dann hab ich da so einen heißen Feger getroffen und es war endgültig vorbei. Warum fragen Sie das alles?"

„Ich muss Ihnen leider mitteilen, dass Emma Fabri tot ist. Sie wurde ermordet."

Galluzzo wurde leichenblass und musste sich am Tor abstützen.

„Ach du scheiße. Wann? Was ist passiert?"

„Wahrscheinlich vorgestern Abend. Mehr kann ich Ihnen leider dazu nicht sagen. Haben Sie ein Alibi für den fraglichen Zeitraum? Jemand, der das bezeugen kann, was Sie mir gerade sagten? Ihr…Ihr heißer

Feger zum Beispiel?"

Galluzzo blickte unter sich.

„Ich fürchte nein. Ich weiß nur noch, dass sie Chiara hieß und wir viel Spaß an dem Tag hatten. Danach sahen wir uns nicht mehr wieder."

Brigadiere Salino ließ den konsterniert dreinblickenden Mann stehen und fuhr zurück.

***

Als Marek Ghettis Büro betrat, hatte er die Befragung schon begonnen. Vor Ghettis Schreibtisch saß ein junger Mann mit wohl teuren Designerklamotten und vor Haargel triefenden schwarzen Haaren.

„Das ist Marco Zenga", stellte er den jungen Mann vor. „Er arbeitet in einer Bar drüben in der Altstadt."

„Sie haben die Frau also gestern gesehen?", fragte Marek. „Dann erzählen Sie mal und lassen Sie keine Kleinigkeit aus, auch wenn Sie Ihnen noch so unwichtig erscheint. Es könnte für uns alles wichtig sein."

„Ich arbeite in der American Bar an der Piazza Papa Giovanni…"

„Ist das die mit den violetten Plastiktischen?"

„Genau. Sieht geil aus, was? Besonders abends mit Beleuchtung."

„Geschmacksache…", meinte Marek, „und weiter…"

„Gestern war bei uns nichts los. Da kam am späten Nachmittag diese junge Frau aus der Zeitung. Sie setzte sich in eine Ecke und bestellte sich einen Mai Tai…"

„Was ist das denn?"

„Das ist ein Cocktail auf Rum Basis. Nachdem sie den relativ schnell ausgetrunken hatte, bestellte sie sich noch einen. Danach wollte sie etwas Stärkeres und ich mixte ihr einen Zombie. Bei dem saß sie dann eine Weile. Ich hatte das Gefühl, dass sie sich betrinken wollte, denn sie bestellte danach einen Wodka. Dann erschien der Mann."

„Welcher Mann?"

„Keine Ahnung. Hatte ihn noch nie bei uns gesehen. Er sah erst durch das Fenster und ging dann weiter. Doch plötzlich kam er rein und setzte sich an die Bar. Er bestellte sich einen Cognac und für die Frau einen Wodka."

„Ach, sie kannten sich?"

„Nein, denke nicht. Er meinte nur, sie sähe so traurig aus und fragte was sie trinken würde."

„Und was geschah dann?"

„Sie prostete ihm zu und er ging zu ihr an den Tisch. Er bestellte noch eine Flasche Prosecco und sie unterhielten sich. Später zahlte er und sie gingen. Mehr weiß ich nicht."

„Wie hat er bezahlt? Bar oder mit Kreditkarte?", fragte Marek schnell, in der Hoffnung so etwas über die Identität des Mannes in Erfahrung bringen zu können.

„Bar."

„Haben Sie die Einnahmen noch?"

„Nein, warum?"

„Wegen möglicher Fingerabdrücke."

„Ich bringe die Tageseinnahmen immer gleich zur Bank."

„Scheiße, wir hätten ja auch mal Glück haben können", fluchte Marek. „Wie sah der Mann aus? Können sie ihn beschreiben?"

„Nun ja, er war mittelgroß, etwa Ende dreißig, Anfang vierzig. Dunkle Haare. Eigentlich ziemlich durchschnittlich. Ach und er behielt seinen Mantel an, was mich etwas gewundert hatte."

„Könnten sie helfen ein Phantombild zu erstellen?"

„So genau hatte ich ihn mir nicht angesehen. Ich hatte mehr Augen für die junge Frau, aber er kam mir ja dann leider zuvor", grinste Zenga.

„Ich weiß nicht, was es da so blöd zu grinsen gibt", brummte Marek, „die Frau ist tot."

Ghetti ließ sich das Protokoll unterschreiben und brachte den Mann hinaus.

„So ein gelacktes Arschloch", schimpfte Marek, als Ghetti wieder zurückkam. „Der wollte doch nur die Frau abschleppen. So ein Provinzcasanova."

„Viel gebracht hat das ja jetzt auch nicht, aber ich habe noch etwas anderes. Die Kollegen aus Portogruaro fanden heraus, dass Sofia De Luca längere Zeit mit einem Lehrer liiert war. Wie sich herausstellte, war der aber verheiratet und sie beendete das Verhältnis ein paar Tage vor ihrer Ermordung."

„Interessant."

„Und die Kollegen in San Stino haben den Freund der zweiten Toten ausgemacht und verhört."

„Und was sagte er?"

„Er sagte, dass er während des Umzugs in Caorle mit seiner Freundin Schluss gemacht hat. Sie hätten sich dann getrennt und er sah sie nicht wieder."

„Ist er glaubhaft?"

„Denke schon. Er passt ja auch nicht zur Beschreibung des Mannes, der mit ihr in der Bar war und den du nach dem Kino mit dem ersten Opfer gesehen hast. Der Lehrer übrigens auch nicht."

„Stimmt, aber die Beschreibungen dieses Barmixers eben und meine decken sich. Aber das scheint seine Masche zu sein."

„Welche Masche?"

„Er sucht sich junge, einsam und verloren wirkende Frauen aus, gewinnt ihr Vertrauen und wenn sie dann nicht so wollen wie er, bringt er sie um."

„Da ist was dran…"

Das Telefon unterbrach Ghetti.

„…wie, schon wieder? Ja Maggiore, wird erledigt."

„Lass mich raten – wir sind auch diesen Fall los."

„Genau. Der Vice Questore persönlich hat Mambretti angerufen und die Akte angefordert."

„Die haben wohl Langeweile, oder Profilierungssucht, oder beides. Du weißt ja Bescheid. Nur das nötigste und wir machen weiter wie bisher. Ich mache mich dann mal auf den Weg. *Ciao Michele*."

8

Maurizio Simeone klopfte an die Tür seines Chefs.

„Permesso?"

„Kommen Sie rein Simeone. Haben Sie die Zeitung gelesen? Schon wieder ein Mord an einer jungen Frau in Caorle und wieder stammt sie aus unserem Distrikt. Ich habe Maggiore Mambretti dort angerufen und ihn um die Akte gebeten. Sie wird bald hier sein. Mir scheint, dass die Fälle zusammengehören."

„Denke ich auch, Vice Questore."

„Wie weit sind Sie mit dem ersten Fall?"

„Wir werten noch Spuren aus, aber…"

„Das heißt, Sie haben nichts", unterbrach ihn sein Vorgesetzter.

„Die Vorermittlungen der Carabinieri waren ja auch sehr schlampig und gaben nicht viel her. Wir mussten quasi bei null anfangen."

„Ich muss Sie wohl nicht darauf aufmerksam machen, wie wichtig die Aufklärung dieser Fälle für mich ist", wischte Poletto den Einwand beiseite. „Und wenn ich sagte *für mich*, dann meinte ich auch die gesamte Questura. Ein Versagen akzeptiere ich nicht. Wir haben uns verstanden?"

„Si, Vice Questore."

Simeone schnaufte tief durch, als er die Tür des Büros hinter sich geschlossen hatte. Jetzt wurde es ungemütlich. Er musste unbedingt einen Verdächtigen haben und wenn er ihn aus dem Hut zaubern musste. Vice Questore Poletto hatte ihm ja eben unmissverständlich erklärt, was für ihn auf dem Spiel steht.

„Scheiße", brummte er und ließ sich auf seinen Schreibtischsessel fallen.

„Ist was?", fragte sein Kollege Scarpa und sah von seiner Pizza auf, die er gerade mit Genuss vertilgte.

„Der Alte hat mich gerade rund gemacht, weil wir im ersten Mordfall noch nicht weitergekommen sind."

„Was heißt *im ersten Fall*? Gibt's jetzt noch einen?"

„Ja, seit eben. Der Fall aus der Zeitung. Der Alte hat schon die Akte angefordert."

„Ich hab's ja gleich gesagt. Ich würde mich nicht darum reißen. Jetzt haben wir den Salat."

***

Marek war auf dem Weg zu einem Haushaltswarengeschäft um eine Dichtung für seinen ewig tropfenden Wasserhahn in der Küche zu besorgen.

Er schlenderte die Viale Santa Margherita entlang, die um diese Jahreszeit wie ausgestorben wirkte. Nur hier und da ein paar Frauen auf dem Weg zum Einkauf.

Plötzlich hielt er inne. Dort wo bisher eine Bar war, in der viele Einheimische verkehrten, war nun eine chinesische Bar. Dieser Wechsel muss so schnell vonstattengegangen sein, dass er ihn gar nicht mitbekommen hatte.

Vor dem Eingang spielten ein paar chinesische Kinder, die aber zu seiner Verwunderung perfekt italienisch sprachen.

Nun war er endgültig davon überzeugt, dass hinter der Übernahme einheimischer Geschäfte durch Chinesen ein System steckte. Diese Familien kamen offenbar sprachlich bestens vorbereitet in dieses Land um Schritt für Schritt die Infrastruktur zu übernehmen.

In Venedig war es ihm auch schon vor längerer Zeit aufgefallen, dass entlang der Touristenpfade viele Geschäfte und Bars mittlerweile von Chinesen betrieben wurden und Silvana hatte ihm erzählt, dass die Bekleidungsindustrie in der Toskana fest in chinesischer Hand sei.

Schafft dieses Land sich bewusst ab? So verliert es auf jeden Fall seine Identität. Eben genau das, was es bisher so liebenswert gemacht hatte.

Nachdenklich ging er weiter. Gerade als er das Geschäft betreten wollte, klingelte sein Handy. Es war Sylvana.

„*Ciao caro*, ich störe dich doch nicht?"

„Nein, ich wollte nur gerade eine Dichtung für meinen Wasserhahn kaufen."

„Ah, gute Idee. Reparierst du das alte Ding endlich."

„Sag mal, wusstest du, dass die Bar an der Ecke Via Meduna jetzt auch schon chinesisch ist?"

„Was hab ich dir gesagt? Die verkaufen unser Land", echauffierte sie sich. „In der Toskana hat's angefangen, dann kamen Fußballvereine und nun die Gastronomie und der Einzelhandel. Weswegen ich aber anrufe…ich habe jemanden ausfindig gemacht, der sich mit alter italienischer Literatur auskennt. Den könntest du dann einmal wegen der Verse kontaktieren. Es ist Professore Mancini. Er hat einen Lehrstuhl in Padua. Ich gebe dir mal die Telefonnummer…"

„Halt, halt, ich hab doch nichts zu schreiben dabei."

„Dann schicke ich sie dir per SMS. Du weißt ja hoffentlich wie man die öffnet."

Marek stellte sich bei dieser Bemerkung den höhnisch grinsenden Gesichtsausdruck Silvanas vor. Immer musste sie ihn damit aufziehen, dass er vom Umgang mit diesen neuen Smartphones, oder wie die

Dinger hießen, nichts verstand.

„Ja, ich denke das werde ich schon noch schaffen. Danke *cara. Ciao.*"

Nachdem er seine Dichtung erstanden hatte, machte er sich auf den Heimweg.

Als erstes wollte er den Professor anrufen. Wie hieß er doch gleich? So langsam machte er sich Gedanken über seinen Geisteszustand. Dauernd vergaß er etwas. Er hörte einen Namen, wie vorhin den des Professors und nicht einmal eine halbe Stunde später war er weg. Verdammt. Ob das mit seinem Alter zu tun hatte? Schnell verdrängte er den Gedanken.

Hoffentlich hatte Silvana den Namen des Professors in der SMS erwähnt. Die Blöße noch einmal nachzufragen wollte er sich nicht geben. Und er hatte Glück.

„*Buona giornata.* Mein Name ist Marek von der Polizei in Caorle. Spreche ich mit Professore Mancini?"

„Ja, wie kann ich Ihnen behilflich sein?"

„Man sagte mir, dass Sie ein Spezialist für die italienische Dichtung des vierzehnten Jahrhunderts sind."

„Das ist mein Fachgebiet. Um was geht es im Besonderen?"

„Ich habe hier ein paar Textzeilen von Gedichten, die ich in diese Zeit verorten würde und ich müsste wissen, von wem sie sind und was sie bedeuten."

„Dann kommen Sie doch einfach morgen vorbei. Am besten gegen Mittag, da habe ich keine Vorlesung."

„Vielen Dank Professore."

Anschließend machte er sich ans Werk um seinem ewig tropfenden Wasserhahn den Gar auszumachen.

Er kramte aus seiner Werkzeugkiste eine Rohrzange hervor und versuchte die Verschraubung zu öffnen. Doch das verdammte Ding bewegte sich keinen Millimeter. Es schien festgefressen zu sein.

„Dich krieg ich", brummte Marek und versuchte mit Aufbietung aller Kraft die Verschraubung aufzudrehen.

Zuerst hörte er nur ein metallisches knacken, dann spritzte ihm ein Wasserstrahl ins Gesicht. Er hatte den maroden Wasserhahn an seiner Halterung abgebrochen.

„Scheiße!", fluchte er und beeilte sich unter der Spüle die Wasserzufuhr abzudrehen.

Jetzt musste er auch noch einen neuen Wasserhahn kaufen. Da er vollkommen durchnässt war, zog er sich schnell um und fuhr zum Baumarkt in die Strada Traghete. Der Laden in dem er die Dichtung gekauft hatte, führte keine Armaturen.

***

Zwei Stunden später betrachtete er zufrieden sein Werk. Er hatte einen neuen Wasserhahn, der sich sogar drehen ließ. Hatte auch ein, in seinen Augen, kleines Vermögen gekostet.

Kurz darauf rief Sivana an.

„Und? Hat alles geklappt?"

„Ja, ich fahre morgen nach Padua."

„Schön, und dein Wasserhahn?"

„Och, ich habe gleich einen neuen Hahn gekauft. Das alte Ding sah ja nicht mehr so gut aus. Den neuen kann man auch drehen."

„Und das hast du unfallfrei hinbekommen?"

„Natürlich", entgegnete Marek beleidigt, „ich bin der Handwerker vor dem Herrn."

Sein Missgeschick behielt er natürlich für sich.

„*Scusa*", musste Silvana lachen, „das war mir entfallen. Ich bin stolz auf dich."

9

Am nächsten Morgen war Marek schon früh auf den Beinen. In dem kleinen Markt um die Ecke besorgte er sich eine Tüte *Cornetti* und frühstückte gemütlich, bevor er sich auf den Weg machte.

Eineinhalb Stunden später erreichte er Padua. Dort fuhr er gefühlt unzählige Runden durch die Altstadt, bis er endlich eine Lücke auf einem Parkplatz in der Via Giuseppe Verdi fand. Das Stück zum Palazzo Bo in der Via 8 Febbraio, der die Universität seit dem Ende des 15. Jahrhunderts beherbergte, musste er wohl oder übel zu Fuß zurücklegen.

Als er den mit Säulengängen umrahmten Innenhof betrat, blieb er erst einmal ehrfürchtig stehen. Dieses Gebäude strahlte eine unglaubliche Atmosphäre aus. An solch einer Universität wäre er auch gerne Student gewesen. Wenn er da an den hässlichen Kasten in seiner Heimatstadt Frankfurt dachte.

Eine junge Frau eilte über den Hof. Sie trug ein paar Bücher unter dem Arm und steuerte auf ihn zu.

„*Scusi signorina*. Ich suche Professore Mancini."

„Welches Fachgebiet?"

„Er ist wohl Literaturwissenschaftler."

„Tut mir leid, den kenne ich nicht. Ich bin im ersten Semester Medizin. Aber gehen sie doch da hinten die Treppe hoch. Da sind die Büros. Da kann man Ihnen bestimmt weiterhelfen."

„*Grazie, signorina.*"

Die Gewölbe über den Säulengängen waren kunstvoll ausgemalt und auch das Treppenhaus war ein Erlebnis. Alle Wände waren komplett bunt, in zeitgenössischem Stil bemalt und die Treppenstufen bestanden aus schwarzem, rotem und weißem Marmor.

Oben im Flur, dessen Wände auch kunstvoll bemalt waren, sah er einen älteren Mann, der gerade in ein Büro verschwinden wollte.

„*Scusi*, wo finde ich bitte Professore Mancini?"

„Da sind Sie hier verkehrt, junger Mann."

Hatte er *junger Mann* gesagt? Das ging Marek runter wie Öl. Seine Selbstzweifel waren weggefegt.

„Die Kunst- und Literaturwissenschaften sind an der Piazzetta Gianfranco Folena."

„Und wo ist das?"

„Nördlich von hier, auf der anderen Seite des Kanals. Haben Sie ein Auto dabei?"

„Ja, auf dem Parkplatz an der Via Giuseppe Verdi."

„Gut, dann fahren Sie auf die Via Dante Alighieri und über die Brücke. Da kommt zuerst die Piazza

Francesco Petrarca und dann gleich die Piazzetta."

„*Grazie tante.*"

Marek ging zurück zu seinem Wagen, zahlte drei Euro Parkgebühr, was in seinen Augen für die kurze Zeit Wucher war und fuhr los. Da die Via Giuseppe Verdi eine Einbahnstraße war, musste er um den ganzen Block fahren, bis er endlich auf die Via Dante Alighieri kam.

Auf der anderen Seite des Kanals fand er in der Nähe der Piazzetta tatsächlich einen Parkplatz und der war auch noch gebührenfrei.

Vor einem Palazzo, es war das einzig alte Gebäude an der Piazzetta, standen mehrere Junge Leute und diskutierten. Das musste dann wohl die Außenstelle der Universität sein.

Marek fragte einen der Studenten und nach einer Weile hatte er dann endlich das Büro des Professors gefunden und klopfte an die Tür.

„*Permesso*?"

„Kommen Sie rein, es ist offen."

„*Buon giorno, Professore*. Mein Name ist Marek, ich arbeite mit der Polizei in Caorle zusammen. Wir hatten telefoniert."

„Ah ja", sagte der kleine ältere Mann mit dem wirren grauen Haarkranz und dem altmodischen Anzug, der vor einem Lesepult stand. „Und was führt Sie nun genau zu mir, wenn ich fragen darf?"

„Nun, wir bearbeiten einen Mordfall…"

„Ich habe niemanden umgebracht", unterbrach ihn der Professor und seine Augen blinzelten schelmisch hinter seinen dicken Brillengläsern. „Bitte, nehmen Sie doch Platz."

Marek setzte sich in einen kleinen, lederbezogenen Sessel vor dem mit Büchern und Papieren überladenen Schreibtisch.

„Nein, das hatte ich auch nicht angenommen, aber ich hoffe, dass Sie mir helfen können. Bei den Opfern fanden wir jeweils einen Zettel mit Gedichtzeilen."

„Also sind es mehrere Morde?", unterbrach ihn der Professor abermals und setzte sich in seinen riesigen Schreibtischsessel, der ihn fast verschluckte.

„Ja."

„Sie sprachen aber von einem Mordfall. Singular."

„Warum müssen Akademiker immer solche Korinthenkacker sein?", dachte Marek.

„Um korrekt zu sein, es sind zwei Morde und ich würde Sie bitten, sich die Verse einmal anzusehen. Es sieht so aus, als stammten sie aus der Zeit Dantes, aber mehr kann ich daraus nicht ersehen."

„Respekt, ein Polizist der Dante kennt. Kann ich diese Verse einmal sehen?"

„Der denkt wohl auch, dass alle Bullen blöd sind",

dachte Marek bei sich und reichte dem Professor die beiden Kopien. Der sah sie sich kurz an, dann zeigte sich ein Lächeln in seinem Gesicht.

„Wie ich annehme, erkennen Sie die Zeilen?"

„Zunächst einmal haben Sie recht. Diese Verse stammen definitiv aus dem 14. Jahrhundert, sind aber nach Dante Alighieri entstanden. Die verwendete Versform deutet auf ein Sonett hin."

„Sie meinen wie die Shakespeare Sonette?"

Der Professor lächelte ihn an.

„Ich sehe, Sie sind sehr belesen. Nein, nicht ganz. Das elisabethanische Sonett, welches Shakespeare verwendete, ist etwas anders gegliedert, hat ein anderes Reimschema. Der Rhythmus ist ein anderer. Es besteht aus drei Quartetten und einem Verspaar. Doch dieses hier stammt ohne Zweifel von Francesco Petrarca. Das Petrarca Sonett besteht aus zwei Quartetten und zwei Terzetten. Man kann es auch an der Anzahl der Reime erkennen. Bei Shakespeare sind es vier Reime im ersten Oktett, also den ersten acht Verszeilen, bei Petrarca nur zwei. Sehen Sie hier. Bei den ersten vier Verszeilen

So neuer Art wollt' ich von Liebe künden,
Daß harter Bruſt ich tauſendfaches Stöhnen
Täglich entpreßt' und tauſendfältig Sehnen

79

In kaltem Herzen drin fich müßt entzünden

sind es die Zeilen eins und vier und beim zweiten
Quartett

Verfärbt würd' oft ich fchönes Antlitz finden,
Mitleidiger den Blick, getaucht in Thränen,
Wie Solche pflegen, die ob eignem Wähnen
Und fremder Schmach vergebens Reu' empfinden

sind es die Zeilen zwei und drei. Verstehen Sie?"

Marek fühlte sich zwar langsam überfordert, nickte aber zustimmend.

„Soweit ja. Wir können also davon ausgehen, dass
beide Verse zu einem Sonett gehören?"

„Ja, natürlich."

So natürlich war das für Marek nicht.

„Aber welche Bedeutung könnte es haben, dass
der Mörder Verse eines Sonetts von diesem Petrarca
bei seinen Opfern hinterlässt?"

Der Professor nahm seine Brille ab, lehnte sich zurück und blickte mit einem verklärten Gesichtsausdruck nach oben.

„Sehen Sie", sprach er zur kunstvoll gestalteten
Decke seines Büros, „an Ostern im Jahre des Herrn
1327 begegnete Petrarca einer jungen Frau namens

Laura, in die er sich sofort verliebte. Nur war diese junge Frau gerade frisch verheiratet. Doch diese unerwiderte Liebe prägte sein ganzes weiteres Leben. Noch tiefer war sein Schmerz, als diese Laura mit nur siebenunddreißig Jahren starb. Er verfasste ein Canzoniere, der 366 Gedichte umfasste, davon 317 Sonette, die sich zum größten Teil mit seiner Liebe zu Laura und mit seinem Schmerz zu ihrem Tod befassten. Solche Zeilen kann nur jemand schreiben, der durch Liebe leidet."

Marek stieß geräuschvoll die Luft aus. Der Mann hatte ja richtig mitgelitten.

„Habe ich das jetzt richtig verstanden, die Frauen wurden aus nicht erwiderter Liebe umgebracht?"

Der Professor setzte seine Brille wieder auf und sah Marek an.

„Ich würde es so interpretieren: Nicht erwiderte Liebe, verschmähte Liebe, unerreichbare Liebe, oder platonische Liebe, etwas in dieser Richtung."

Marek erhob sich seufzend.

„Vielen Dank Professore, dass Sie mir Ihre Zeit geopfert haben."

„Ich hoffe, ich konnte helfen."

„Auf jeden Fall. Wir haben nun ein Profil des Täters."

Als er wieder auf der Piazzetta stand, musste Marek erst einmal tief durchatmen.

„Wir haben nun ein Profil…"

So ein Blödsinn. Er wollte halt nur etwas Nettes sagen. Natürlich taugte das nicht als Täterprofil. Liebeskranke Typen gab es viele, aber vielleicht konnte die Beschreibung doch noch irgendwann nützlich sein.

Er steckte sich eine Zigarette an und sah sich um. Etwas weiter vorne entdeckte er eine Bar, wo er sich erst einmal einen Caffè gönnte, bevor er wieder zurück fuhr.

***

Gereizt nahm Vice Commissario Simeone das Telefon ab.

„*Pronto!*", brüllte er genervt in den Hörer.

„*Buon giorno*. Ich bin Brigadiere Salino von der Kommandantur in San Stino."

„Und?"

„Sind Sie jetzt zuständig für den Mordfall Emma Fabri?"

„Ja sicher, warum?"

„Wir hatten auf Bitten der Kollegen in Caorle mit dem ehemaligen Freund der Toten gesprochen…"

„Was?", fuhr Simeone wütend auf. „Was haben die mit meinem Fall zu tun?"

„Jetzt wohl nichts mehr, wie sie uns sagten. Deshalb wende ich mich ja an Sie."

„Ja, ja, schon gut."

Simeone hatte sich wieder beruhigt.

„Und was hat Ihre Befragung ergeben?"

„Ich schicke Ihnen das Protokoll gleich per Fax."

„Gut, danke Brigadiere."

Der Vice Commissario rieb sich die Hände. Das war alles nicht so verkehrt. Jetzt hatte er vielleicht einen Verdächtigen, den er seinem Chef präsentieren konnte. Er wartete das Fax ab, las es kurz durch und ein breites Grinsen zeigte sich in seinem Gesicht.

„Komm Scarpa."

„Was? Wohin?"

„Wir haben eine Verhaftung vorzunehmen."

10

Mit quietschenden Reifen hielt Scarpa den Einsatzwagen vor der Werkstatt an. Ein roter Fiat, der gerade rückwärts aus einem der Tore gefahren wurde, konnte gerade noch bremsen. Ein junger Mann in einem Overall stieg aus.

„Können Sie nicht aufpassen?", raunzte er die beiden Polizisten an.

„Renato Galluzzo?"

„Ja."

„Wir sind von der Polizei in Portogruaro."

„Was wollen Sie denn noch? Ich habe Ihrem Kollegen doch schon alles gesagt."

Vice Commissario Simeone baute sich breitbeinig vor dem jungen Mann auf.

„Ich nehme Sie fest wegen des Verdachts Ihre Freundin Emma Fabri getötet zu haben."

In diesem Moment hatte Scarpa dem Mechaniker bereits Handschellen angelegt und zog ihn zum Wagen.

„Sie spinnen doch!", schrie Galluzzo, während er in das Einsatzfahrzeug geschoben wurde. „Ich habe niemanden umgebracht."

Ein beleibter Mann in Arbeitskleidung kam auf sie

zu.

„Eh, was soll das? Was machen Sie mit Renato?"

„Und Sie sind?"

„Salvatore Bertini, mir gehört der Laden hier."

„Ich fürchte, Sie müssen nun ohne Galluzzo auskommen. Ich habe ihn gerade wegen Mordes festgenommen."

„So ein Blödsinn! Das ist ein guter Junge…"

Die weiteren Schimpftiraden hörte Simeone schon nicht mehr. Er hatte sich bereits in den Wagen gesetzt und Scarpa war mit durchdrehenden Rädern losgefahren.

***

„Wollen Sie ihn denn nicht gleich verhören?", fragte Scarpa, nachdem sie ihren Gefangenen in die Questura gebracht hatten.

„Nein, das hat Zeit, Der läuft uns ja nun nicht mehr weg. Ich erstatte zuerst dem Alten Bericht, damit er beruhigt ist."

„Ja, aber ewig können wir ihn nicht hier behalten."

„Ich weiß", wiegelte Simeone ab, „mach dir nicht meinen Kopf."

Damit drehte er sich um und machte sich auf den Weg zum Büro von Vice Questore Poletto.

„Ich hoffe Sie haben mir etwas Positives zu berichten. Die Presse steht mir schon auf den Füßen."

„Es wird Sie sicher freuen zu hören, dass wir eine Verhaftung vorgenommen haben."

Poletto schnellte nach vorne, soweit es sein Umfang zuließ.

„Was? Das sind ja gute Neuigkeiten. Aber Sie hatten keinen Haftbefehl beantragt, soviel ich weiß."

„Es war Gefahr in Verzug."

„Aha. Wer ist es denn?"

„Der Freund des zweiten Opfers. Sie hatte wohl mit ihm Schluss gemacht und er hat sie deshalb umgebracht."

„Hat er denn schon gestanden?"

„Nein, noch nicht. Ich wollte Ihnen zuerst Bericht erstatten, bevor ich ihn verhöre."

„Gut, gut, aber Sie wissen, dass wir ihn bald dem Haftrichter vorführen müssen. Bis dahin brauchen Sie etwas Handfestes."

„Ja, Vice Questore. Selbstverständlich."

„Schön, dann sehen Sie zu, dass Sie ein Geständnis bekommen. Am besten gleich für beide Morde. Ich werde umgehend die Presse informieren."

***

Simeone betrat den Verhörraum, schaltete das Tonbandgerät an und stellte sich drohend vor Galluzzo, der einen etwas eingeschüchterten Eindruck machte. Von seiner anfänglich zur Schau gestellten

Überheblichkeit war nichts mehr zu sehen.

„So, mein Junge, gehen wir alles einmal der Reihe nach durch. Am Montag warst du mit deiner Freundin Emma Fabri in Caorle zum *Carnevale*, wie du bereits den Kollegen der Carabinieri zu Protokoll gegeben hast."

„Ja, das wissen Sie doch schon alles."

„Aber was du danach gesagt hast entspricht wohl nicht den Tatsachen", ignorierte Simeone den Einwand.

„Doch, alles was ich gesagt habe stimmt auch so."

„Nein, das tut es nicht. Sie wollte von dir nichts mehr wissen und hat Schluss gemacht. Du wolltest das nicht akzeptieren und hast sie umgebracht. Mach es uns beiden nicht so schwer und gib es endlich zu."

„Nein, nein, so war es nicht", jammerte Galluzzo.

„So, wie war es dann?"

„Hab ich doch schon gesagt. Ich hatte mit ihr Schluss gemacht, weil ich eine andere kennengelernt hatte. Ich habe sie nicht umgebracht. Sie haben den Falschen."

„Wenn du ein Geständnis ablegst, wird sich das vor Gericht positiv für dich auswirken."

„Ich war es nicht!" schrie Galluzzo. „Ich kann doch nichts gestehen was ich nicht getan habe. Außerdem habe ich ein Alibi."

„So, ein Alibi. Da sind wir aber gespannt. Wie heißt denn dein Alibi?"

„Chiara."

„Und weiter?"

„Weiß ich nicht. Ich habe sie beim Umzug kennengelernt und wir hatten Spaß. Ein One-Night-Stand. Da fragt man nicht weiter."

„So, das nennst du Alibi. Ein Scheiß ist das."

Simeone stellte sich hinter den am Tisch zusammengesunkenen jungen Mann und schlug ihm mit der flachen Hand auf den Hinterkopf.

Galluzzo fuhr zusammen.

„Hey, was soll das? Sie dürfen mich nicht schlagen."

„Ich kann noch ganz anders. Deine letzte Chance. Gib zu, dass du Emma Fabri umgebracht hast."

„Nein, außerdem steht mir ein Anwalt zu."

„Wir werden dir noch etwas Zeit zum Nachdenken geben."

Simeone öffnete die Tür und rief einen uniformierten Kollegen.

„Bringen Sie ihn in eine Zelle, Sergente."

Während Galluzzo abgeführt wurde überlegte er, wie er weiter vorgehen sollte und vor allem, was erzählte er dem Vice Questore?

„Und hat er gestanden?", fragte Scarpa, als er zurück ins Büro kam.

„Nein. Scheint ein harter Hund zu sein."

„Vielleicht war es ja auch gar nicht. Sie haben ja auch nur Indizien und keinen einzigen Beweis."

„Doch, der war's. Da bin ich mir sicher. Der muss es einfach gewesen sein."

„Der Chef wird nicht begeistert sein. Sie müssen ihn ja auch bald zum Haftrichter bringen."

„Ich weiß!", brüllte Simeone genervt, warf sich seinen Mantel über die Schulter und verließ die Questura.

Scarpa sah seinem Vorgesetzten nach und fragte sich, warum er so fixiert auf den jungen Mechaniker war und nicht auch noch in andere Richtungen ermittelte. Klar, er wollte unbedingt befördert werden und er hatte sich ja um die beiden Fälle gerissen, aber wenn das ein Fehlschlag werden sollte, würde der Vice Questore das nicht auf sich sitzen lassen und Simeone den Wölfen zum Fraß vorwerfen.

11

Als Marek nach Hause kam, fühlte er sich völlig ausgehungert und brauchte er zuerst einmal etwas zu essen. Silvana konnte er auch später noch über das Ergebnis seines Gesprächs mit dem Professore informieren.

Er bereitete sich schnell einen Teller Pasta mit Thunfisch. Glücklicherweise hatte er noch etwas Verduzzo im Kühlschrank, den er sich dazu schmecken ließ.

Während er sich gerade eine weitere Gabel Pasta in den Mund stopfte, klingelte sein Handy.

„Scheiße", brummte er und angelte das Telefon aus seiner Jackentasche.

„Wer stört?", nuschelte er mit vollem Mund.

„Bei was störe ich denn?", fragte Silvana.

„Ich bin nur gerade beim Essen, aber du störst natürlich nie, *cara*."

Das entsprach zwar nicht ganz der Wahrheit, denn wenn er beim Essen saß, störte ihn jegliche Art von Unterbrechung. Aber das konnte er Silvana natürlich nicht sagen. Sie wäre tagelang, wenn nicht gar wochenlang beleidigt.

„Ich hätte dich ohnehin gleich angerufen um dir

von meinem Treffen mit Professore Mancini zu berichten."

„Das kannst du immer noch, aber viel interessanter ist, dass die Polizei von Portogruaro einen Verdächtigen festgenommen hat."

Marek fiel fast die Gabel aus der Hand.

„Was haben die? Wen denn?"

„Der Vice Qustore hatte vorhin eine außerordentliche Pressekonferenz einberufen und mit Stolz verkündet, dass sie den Mörder der beiden Frauen verhaftet hätten. Dabei handelt es sich um einen Automechaniker aus San Stino namens…"

„…Renato Galluzzo."

„Was? Woher weißt du…?"

„Das ist der Ex-Freund von Emma Fabri, dem zweiten Opfer. Den hatten Ghettis Kollegen aus San Stino schon befragt. Der ist zwar eine kleine Ratte, aber kein Mörder."

„Was macht dich da so sicher? Ich wollte gerade meinen Artikel abgeben."

„Das sagt mir mein Bauchgefühl. Außerdem passt es nicht zusammen."

„Das kann ich ja wohl schlecht schreiben. Da brauche ich schon etwas mehr."

„Na, erstens hat Galluzzo seine Freundin beim Umzug hier abserviert und zweitens passt er nicht auf die Beschreibung des Angestellten aus der Bar, in der sich diese Emma Fabri mit ihrem Mörder getroffen hat."

„…mit dem vermeintlichen Mörder getroffen hat."

„Von mir aus, nur dessen Beschreibung passt auf die des Mannes, den wir mit dem ersten Opfer nach dem Kino sahen."

„Aber beide Opfer und dieser Galluzzo waren am Montag in Caorle zum Umzug. Vielleicht hat er Opfer zwei wegen Opfer eins abserviert."

„Glaube ich nicht. Ich glaube auch nicht, dass die sich überhaupt kannten."

„Und wieso?"

„Er sagte den Kollegen wörtlich, dass er während des Umzugs einen heißen Feger namens Chiara getroffen hätte."

„Na und?"

„Sah die Tote in der Toilette etwa wie ein heißer Feger aus?"

„Vorsicht, das ist sexistisch."

„Das ist ja nicht von mir und ich meinte damit nur, dass das erste Opfer einen recht konservativen Eindruck machte. Ausgewählte teure Kleidung. Das ist nicht das Beuteschema von so einem Typen wie Galluzzo. Sie arbeitete in einer Anwaltskanzlei und war mit einem Lehrer liiert."

„Wer weiß?", meinte Silvana vielsagend. „Wo die Liebe hinfällt."

„Nein, Das passt nicht zusammen. Und warum sollte er zuerst seinen heißen Feger umbringen und einen Tag später erst seine Ex-Freundin? Das ergibt doch alles keinen Sinn. Und da ist ja noch etwas. Der heiße Feger hieß angeblich Chiara, was ja bekanntlich nicht der Name der Toten ist."

„Da ist was dran. Und was soll ich deiner Meinung nach schreiben? Mein Redakteur bringt mich um, wenn er es doch war."

„Du kannst ja schreiben, dass berechtigte Zweifel an der Schuld von Galluzzo angebracht sind, zumal es keine Beweise gegen ihn gibt. Und die haben sie dort ganz sicher nicht."

„Na gut. Für dieses Risiko musst du mich aber heute Abend zum Essen einladen. Dann erzählst du mir, was der Professore gesagt hat."

„Nichts lieber als das. Um acht?"

„Ich versuche es, könnte auch ein paar Minuten später werden. *Ciao*."

Marek war der Appetit vergangen und seine Pasta war ohnehin kalt geworden. Er schob seinen Teller zurück und rief Ghetti an.

„Hast du schon gehört?"

„Ja, gerade eben. Das kann aber nicht sein, oder?"

„Nein, mit Sicherheit nicht. Die brauchen wohl ein Erfolgserlebnis und da hat sich Galluzzo durch seine Verbindung mit dem zweiten Opfer angeboten."

„Wenn die keine Beweise haben, lässt der Haftrichter ihn wieder frei. Dann haben sie nichts."

„Nur mal kurz die Presse beruhigt. Wer leitet eigentlich die Ermittlungen?"

„Das finde ich heraus."

„Ah, bevor ich es vergesse, es wäre vielleicht doch nicht verkehrt ein Phantombild von dem Mann in der Bar anfertigen zu lassen."

„Aber der Zeuge sagte doch, dass er ihn nicht beschreiben kann."

„Dann soll er mal richtig nachdenken. Mach ihm Druck. Wer weiß, vielleicht können wir es noch einmal gebrauchen. Und dein Kollege soll nach Möglichkeit auch ein Bild von dem Mann mit Mantel anfertigen. Er hatte ihn ja offensichtlich in der Bar anbehalten."

„Gut, ich veranlasse alles. Übrigens, du warst doch in Padua. Was hat denn der Professore zu den Gedichten gesagt?"

„Dass wir es womöglich mit einem liebeskranken Mörder zu tun haben. Die Verse stammen aus einem Sonett von Francesco Petrarca."

„Na ja, das bringt uns ja jetzt auch nicht gerade

weiter."

„Wer weiß? Vielleicht können wir das auch nochmal gebrauchen."

„*Ciao Roberto.*"

***

Vice Commissario Simeone stand der Schweiß auf der Stirn. Seit Stunden versuchte er nun ein Geständnis aus dem Kerl heraus zu pressen. Bisweilen ging er dabei an die Grenze des erlaubten, doch ohne Erfolg. Die Zeit lief ihm davon. Spätestens morgen früh mussten sie ihn freilassen. Dass der Haftrichter eine weitere Untersuchungshaft anordnen würde war mehr als zweifelhaft. Er brauchte unbedingt einen Erfolg, sonst würde ihn der Vice Questore in der Luft zerreißen.

Renato Galluzzo hatte die Arme auf der Tischplatte verschränkt und den Kopf darauf gelegt. Er war völlig fertig und am Ende seiner Kräfte. Er wollte nur noch schlafen. Vielleicht sollte er doch gestehen, auch wenn er unschuldig war. Dann hatte er wenigstens seine Ruhe.

In diesem Moment zerrte ihn der Commissario an den Haaren zurück und Galluzzo schrie auf.

„Hier wird nicht geschlafen. Du kannst schlafen so viel du willst, wenn du ein Geständnis abgelegt hast. Was sagst du?"

Galluzzo sah ihn aus rot umränderten Augen hasserfüllt an. Diesem Mann würde er nicht nachgeben. Niemals!

„Leck mich am Arsch!"

Simeone versetzte ihm eine schallende Ohrfeige, was er gleich darauf bereute, da im Nebenraum Scarpa alles mit ansehen konnte.

In diesem Moment ging die Tür auf und der Ispettore erschien.

„Chef…"

„Ja Scarpa, ich weiß…"

„Nein, nicht deshalb. Der Vice Questore will Sie sehen. Sofort."

„Auch das noch. Ich komme gleich. Bring ihn wieder in die Zelle. Mit dem werde ich mich später wieder befassen."

Simeone ging zuerst in die Toilette, wo er sich kaltes Wasser ins Gesicht klatschte. Dann machte er sich auf den Weg.

„Kommen Sie rein."

„Vice Questore, Sie wollten mich sprechen."

„Haben Sie nun ein Geständnis?"

„Nein, noch nicht, aber bald habe ich ihn soweit."

„Ist Ihnen schon einmal die Idee gekommen, dass er der Falsche ist?"

„Nein, aber…"

„Nichts aber. Nach Aktenlage hat dieser, wie heißt er doch, ah ja, dieser Galluzzo überhaupt keine Verbindung zum ersten Opfer. Da wir aber davon ausgehen, dass es derselbe Täter war, kann er es nicht sein, oder?"

Simeone wurde der Kragen zu eng und er fing an zu schwitzen.

„Wir haben nur noch keine Verbindung gefunden."

„Weil Sie noch nicht in diese Richtung ermittelt haben, wie es scheint. Ich werde mich jedenfalls nicht beim Richter blamieren. Lassen Sie den Mann frei."

„Aber…"

„Kein aber. Unverzüglich. Ich hätte die Fälle in Caorle lassen sollen, dann hätten die sich wenigstens blamiert. Und nun gehen Sie mir aus den Augen. Wie stehe ich denn nun vor der Presse da?"

Simeone kochte innerlich vor Wut. Was sollte er denn nun machen? Wo bekam er so schnell einen anderen Verdächtigen her?

Er sagte Scarpa Bescheid, dass er Galluzzo entlassen könnte, nahm seinen Mantel und ging.

Er brauchte frische Luft, um sich abzureagieren.

***

Marek stand vor dem Spiegel im Bad und betrachtete sein Konterfei.

„Du bist ganz schön alt geworden, mein Lieber", sagte er zu seinem Spiegelbild.

Er zupfte an den Wangen und am Hals. Ob das schon der Ansatz eines Doppelkinns ist? Auch glaubte er Ansätze von Tränensäcken unter den Augen zu erkennen. Und dann noch seine ständige Vergesslichkeit…"

Das Läuten des Telefons erlöste ihn aus seinen düsteren Betrachtungen.

„*Ciao Roberto*", meldete sich Ghetti, „du wolltest doch wissen, wer die Ermittlungen leitet."

„Richtig. Hast du was erfahren?"

„Ja, es ist ein gewisser Vice Commissario Maurizio Simeone. Vice Questore Poletto hat ihm die beiden Morde übertragen. Sein Partner ist Ispettore Scarpa."

„Noch nie gehört. Ist der neu?"

„Der ist etwa seit einem Jahr in Portogruaro."

„Und wo war er vorher?"

„In Treviso."

„Von Treviso in die Provinz. Das sieht nicht gerade nach einer Beförderung aus. Vielleicht ist er deshalb so heiß auf den Fall und will sich mit Gewalt beweisen. Danke Michele."

Marek sah auf seine Armbanduhr. Er hatte noch genügend Zeit.

***

Marek stellte seinen Lada in der Via Roma ab und schlenderte gemütlich zur Trattoria.

„Ich habe geahnt, dass du heute kommst und dir deinen Tisch freigehalten", begrüßte ihn Rosa. „Bist du heute alleine?"

„Nein, Silvana kommt auch noch. Bis dahin könntest du mir bitte ein paar *Grissini* und ein Fläschchen Raboso bringen."

„Kommt sofort."

Rosa schwebte davon und kam kurz darauf mit dem Wein und einem Körbchen Gebäckstangen wieder.

„Und, seid ihr in den Mordfällen schon weiter gekommen?"

„Du hast doch bestimmt schon gelesen, dass die Questura in Portogruaro die Fälle übernommen hat."

„Schon, aber die finden doch sowieso nichts raus und wie ich euch kenne, bleibt ihr sicher auch dran, oder?"

„Dir entgeht auch wirklich nichts", grinste Marek, „aber wir sind leider auch noch nicht viel weiter."

„Ihr werdet das Schwein schon schnappen", meinte Rosa bestimmt und wollte gerade gehen, als sein Handy klingelte. Es war Silvana.

„Tut mir leid, aber bei mir wird es eine halbe Stunde später. Bist du schon da?"

„Ja."

„Na, dann wirst du ja bestimmt nicht verhungern. Bis später."

„Bei Silvan dauert es noch. Könntest du mir bitte bis dahin noch eine Antipasti Platte bringen?"

„Natürlich, du sollst ja nicht verhungern."

„Das hat Silvana auch gerade gesagt."

„Dann bereite ich euch etwas Besonderes. Ich habe heute ein paar frische Enten bekommen. Was hältst du von o*ca arrosta col sedano?*"

„Klingt hervorragend, aber könnte ich statt dem Sellerie bitte Brokkoli haben?"

„Natürlich."

Es war schon fast neun Uhr, als Silvana endlich erschien. Marek hatte gerade eine Platte *frutti di mare* verputzt und knabberte an den letzten verbliebenen *Grissini*.

„Tut mir leid *caro*, aber wie ich sehe, bist du nicht vom Fleisch gefallen."

Kurz darauf erschien Rosa mit dem köstlich duftenden Gericht.

„Das sieht ja lecker aus", meinte Silvana.

„Das hat hier angeblich schon der Amingwai gegessen."

„Wer?"

„Na, dieser bekannte Schriftsteller…dieser Amerikaner..."

„Ach, du meinst Ernest Hemingway?"

„Sag ich doch…also der Amingwai…"

Rosangela und die englische Sprache passten einfach nicht zusammen.

„…der war hier in San Gaetano zur Entenjagt und dann hat er hier dieses Gericht gegessen. Das hat mir mein Vater zumindest so erzählt. *Buon appetito.*"

Die Ente war einfach köstlich, genau wie Marek sie liebte. Die Haut braun und knusprig und innen zart rosa. Dazu ein mit einem Schuss Barolo verfeinertes Sößchen – ein Genuss.

Da Silvana genauso ins essen vertieft war wie er, erübrigte sich eine Unterhaltung.

Erst als Marek die letzten Soßenreste mit einem Stück Brot vom Teller wischte fragte sie, was er in Padua erreicht hätte.

Satt und zufrieden lehnte er sich zurück.

„Tja, dieser Professore Mancini hat mir erklärt, dass es sich bei diesen Zeilen um ein Sonett handelt. Er hat mir auch den Unterschied zwischen einem elisabethanischen und einem Petrarca Sonett ausführlich erklärt. Unsere Zeilen stammen seiner Meinung nach von Francesco Petrarca. Da ein Petrarca Sonett aus zwei Quartetten und zwei Terzetten besteht, können wir davon ausgehen, dass es noch zwei Morde geben wird."

„Wieso das?"

„Na, die beiden Verszeilen die wir bisher bei den Opfern fanden, sind die beiden Quartette dieses Sonetts. Fehlen noch die beiden Terzette."

„Und du meinst, er arbeitet das ganze Sonett ab?"

„Würde für mich sonst keinen Sinn ergeben erst damit anzufangen."

„Da könntest du natürlich leider recht haben", meinte Silvana ganz in Gedanken versunken.

„Und was sagte er sonst noch?"

„Er erzählte mir die Geschichte von Petrarcas unerwiderter Liebe zu einer Frau, was ihn dazu veranlasste, über dreihundert Gedichte zu schreiben. An die genaue Zahl kann ich mich schon gar nicht mehr erinnern."

„Wie romantisch…"

„Zusammengefasst haben wir es hier offensichtlich mit einem liebeskranken Mörder zu tun. Ich finde daran nichts Romantisches."

In diesem Moment erschien Rosa mit einer Kellnerin um den Tisch abzuräumen.

„Hat es geschmeckt?"

„Es war fantastisch!"

„Das freut mich. Wie wäre es mit einem kleinen Nachtisch?"

„Oh je", stöhnte Silvana.

„Ich habe ganz frische *bomboloni* oder *za'leti*."

„Überredet. Wir nehmen ein paar *za'leti* und dazu Caffè und Grappa."

„Du findest es also nicht romantisch, wenn ein Mann so unsterblich verliebt ist, dass er darüber Gedichte schreibt?", nahm Silvana das Gespräch wieder auf.

„Nö, ich finde es auch nicht besonders romantisch, wenn man die Frau umbringt in die man verknallt ist, nur weil sie von einem nichts wissen will. Wo kämen wir denn da hin?"

„Tja, da hast du leider auch wieder recht."

Sie unterhielten sich noch eine Weile über den Fall, stellten Hypothesen auf um sie gleich darauf wieder zu verwerfen.

Später schlenderten sie Hand in Hand zu Silvanas Wohnung in der Viale Falconera.

12

Als Marek am nächsten Morgen aufwachte, war Silvana schon wieder unterwegs.

In der Küche fand er neben einer Tüte *Cornetti* eine kurze Notiz.

„…wollte dich nicht wecken. Die Polizei in Portogruaro musste diesen Galluzzo wieder gehen lassen. Ich fahre jetzt zu ihm und mache ein Interview. Alles Weitere später. Lass dir die Hörnchen schmecken. xxx"

Das war ja wohl klar, dass er es nicht sein konnte. Ihn überkam dabei ein unendliches Gefühl der Schadenfreude. Aber was bedeutet *xxx*? Das musste Silvana ihm mal erklären.

Er bereitete sich erst einmal einen Caffè und frühstückte gemütlich. Danach steckte er sich eine Zigarette an und überlegte, was er als nächstes tun konnte, ohne als offizieller Ermittler in Erscheinung zu treten. Dabei drehten sich seine Gedanken immer wieder um dieses Sonett.

Wer immer auch die Morde begangen hatte, war jedenfalls belesen. Wer sonst käme auf die Idee ein Sonett von Francesco Petrarca zu verwenden? Wenn es schon ein Sonett sein musste, wären die von Shakespeare wesentlich bekannter gewesen und wahrscheinlich auch einfacher zu besorgen.

Genau! Das war es wo er ansetzen konnte. Der Mörder musste die Vorlage in Buchform ja irgendwo gekauft haben. Aber seine anfängliche Euphorie war schnell verflogen, als er daran dachte, wie viele Buchhandlungen er dafür abklappern musste.

Und wenn er das Buch nur ausgeliehen hat? Dann kämen noch sämtliche Bibliotheken im ganzen Umkreis dazu. Aber irgendwo musste er ja ansetzen und in einer Bibliothek würde man sich wahrscheinlich eher an jemanden erinnern der Petrarca ausgeliehen hat, als man sich in einem Buchladen an einen Käufer erinnern könnte.

Nachdem er geduscht und sich angekleidet hatte, spazierte er zu seinem Wagen in der Via Roma und fuhr nach Hause.

Unterwegs fiel ihm ein, dass er mit seinen Nachforschungen ja gleich hier beginnen konnte und fuhr zurück in die Via dal Moro Luigi. Dort ging er voller Erwartung in die Buchhandlung. Warum nicht auch mal Glück haben?

Doch seine Erwartungen wurden sehr schnell gedämpft, als er den jungen Verkäufer nach einer Sonett-Sammlung von Francesco Petrarca fragte.

„Tut mir leid. Nie gehört. Ist das neu?"

„Nein, das ist ein italienischer Dichter aus dem

vierzehnten Jahrhundert."

„Ach so. Solche Sachen führen wir nicht. Die kauft ja auch niemand, aber wir haben den neuesten Harry Potter gerade hereinbekommen."

„Nein danke", meinte Marek völlig entnervt und fuhr nach Hause.

***

Simeone kam übel gelaunt ins Büro und warf die Zeitung auf den Schreibtisch.

„Hast du die Scheiße gelesen?", fragte er seinen Kollegen.

„Ja, aber es ist nun mal wie es ist. Wir hatten zu wenig um ihn einzubuchten."

„Sag mal Scarpa, in der Akte von dem ersten Opfer kann ich keine Hinweise auf irgendwelche Männerbekanntschaften finden. Das haben die Carabinieri wohl vergessen. Frag bei denen nochmal nach."

„Ok, mach ich."

Simeone ging hinaus auf den Flur um sich am Automaten einen Caffè zu ziehen. Als er zurück ins Büro kam, grinste Scarpa ihn an.

„Sie hatten recht, es gab da eine Beziehung."

„Und wieso wissen wir nichts davon?"

„Die Carabinieri hatten es nach Caorle gemeldet. Das hatte sich wohl mit der Fallübergabe an uns überschnitten."

„Und, hast du einen Namen?"

„Ja, es handelt sich um den Lehrer einer hiesigen Schule. Sie hatte die Beziehung aber wohl schon vor einiger Zeit beendet, da der Mann verheiratet ist."

„Den Namen – die Geschichte interessiert mich nicht."

„Ich dachte nur…"

„Den Namen und die Adresse…"

„Dottor Gianluigi Forese. Wohnhaft in der Via Giotto."

„Wo ist die denn?"

„Am westlichen Stadtrand. Dürfte eins von diesen neuen Reihenhäusern sein."

„Dann los!", rief Simeone euphorisch und stürmte hinaus.

Scarpa sah ihm verständnislos nach, beeilte sich dann aber ihm zu folgen.

„Nicht übel", meinte Simeone, als sie ein paar Minuten später in die Via Giotto einbogen. „Das kann ich mir mit meinem mageren Polizistengehalt nicht leisten."

Sie hielten vor einem ockerfarbenen Reihenhaus mit einem schmucken, kleinen Vorgarten. In der Einfahrt vor der Garage stand ein Audi Cabrio.

„Wir sind da."

„Sehe ich."

„Wie wollen Sie denn weiter vorgehen?", fragte Scarpa, der eine Vorahnung hatte.

„Wir läuten dort und verhaften ihn. Ganz einfach."

„Aber…"

„Kein aber. Wir mussten den anderen Verdächtigen laufen lassen und der hier ist der einzig andere, der eine Verbindung zu einem der Opfer hatte. Außerdem muss ich den Alten beruhigen."

„Ah, daher weht der Wind", dachte Scarpa und stieg aus.

Simeone war bereits zu Hauseingang vorausgeeilt und betätigte den Klingelknopf.

Eine Frau mittleren Alters öffnete die Tür. Sie trug eine Schürze und ihre Hände waren voller Mehl. Offenbar war sie beim Kochen oder Backen.

„Signora Forese?"

„Ja."

„Vice Commissario Simeone und das ist Ispettore Scarpa von der Polizei."

„So? Was kann ich für Sie tun?"

„Ist ihr Mann da?"

„Ja, warum? War er wieder zu schnell?"

„Wir müssten ihn mal sprechen."

Die Signora sah die beiden Polizisten noch einen Moment lang fragend an, dann drehte sie sich um und rief nach ihrem Mann.

„Gigi, kommst du mal bitte."

„Sofort, was gibt's denn?"

Ein großer, schlanker Mittvierziger erschien an der Tür.

„Die Herrschaften sind von der Polizei und…"

Weiter kam sie nicht. Simeone hatte ihm blitzschnell Handschellen angelegt.

„Gianluigi Forese, ich verhafte Sie unter dem dringenden Tatverdacht des Mordes an Emma Fabri und Sofia De Luca. Sie haben das Recht zu schweigen. Alles was Sie aussagen kann vor Gericht gegen Sie verwendet werden."

Damit zerrten sie ihn mit sich zum Wagen und stießen ihn hinein.

„Sie irren sich!", schrie Forese. „Ich habe nichts damit zu tun!"

Seine Frau blieb schockiert und fassungslos zurück.

***

Marek hatte sich anhand des Telefonbuchs eine Liste mit Buchhandlungen und Leihbüchereien erstellt. Es waren weniger, als er befürchtet hatte, aber immer noch eine Menge. Dafür würde er Tage brauchen.

Sein Telefon klingelte.

„Warum gehst du nicht an dein Handy?", meldete sich Ghetti und es klang, als wäre er gerannt.

„Warum? Weil es nicht geläutet hat. Deshalb."

„Ich hab es schon ein paar Mal probiert."

Marek zog sein Handy aus der Tasche und starrte auf das dunkle Display.

„Scheiße. Der Akku ist komplett leer. Da kann ich ja nichts hören."

„Ich wollte dir nur Bescheid sagen, dass der Vice Commissario nun einen Lehrer verhaftet hat."

„Ist das zufällig der, mit dem unsere erste Tote mal ein Verhältnis hatte?"

„Genau. Dottor Gianluigi Forese. Sie haben ihm einfach vor den Augen seiner Frau Handschellen angelegt und ihn mitgenommen. Seine Frau hat dann in ihrer Verzweiflung meine Kollegen dort angerufen und ihnen alles erzählt, aber die wussten ja von nichts. Da der Fall ursprünglich bei uns lag, riefen sie bei mir an und berichteten mir alles."

„Hast du eine Beschreibung von diesem Lehrer?"

„Warte, ah hier hab ich es. Über eins achtzig groß, sehr schlank, leicht angegrautes Haar, trägt eine braune Hornbrille."

„Die Beschreibung passt weder auf den Typ, den ich gesehen habe, noch auf die Beschreibung, die dieser Provinzcasanova uns gab. Die werden ihn bald wieder gehen lassen müssen."

„Die nächste Blamage", lachte Ghetti. „Apropos Beschreibung, wir haben die Phantombilder fertig. Ich schicke sie dir gleich zu."

„*Grazie, ciao*."

Marek steckte sich genüsslich eine Zigarette an und wählte Silvanas Nummer.

„Wo steckst du?", fauchte sie sofort. „Ich habe schon zweimal versucht dich anzurufen."

„Nun beruhige dich mal. Ich hab nur vergessen das Handy aufzuladen."

„Mein Gott! Was haben die Menschen früher nur gemacht, als ein Telefon noch an einer Schnur hing und man es nicht überall mit hinnehmen konnte?", dachte er bei sich.

„Also was gibt's?"

Sie war offenbar immer noch verärgert.

„Ich wollte dir nur berichten, dass die Polizei in Portogruaro nun jemand anderen verhaftet hat."

„Was? Warum sagst du das nicht gleich?"

„Du hast mich ja nicht zu Wort kommen lassen."

„Wer ist es?", ignorierte sie seinen Einwand.

„Ein gewisser Dottor Gianluigi Forese. Er ist Lehrer und Ex-Geliebter unseres ersten Opfers."

„Ex-Geliebter? Da könnte was dran sein. Das würde auch die Gedichte erklären. Wer sonst kennt

Petrarca?"

„Nein, glaube ich nicht."

„So? Und warum nicht? Sie hat ihn abserviert und er hat sie aus Rache ermordet."

„*Cara*, das ist doch nicht dein Stil. Das klingt eher nach Kitschroman oder Boulevard. Nein, er war es nicht, weil er nicht auf die Beschreibung zweier Zeugen passt und einer davon bin bekanntlich ich. Außerdem waren die beiden schon länger getrennt."

„Na gut, danke für die Blumen."

„Was hat dein Interview mit Galluzzo gebracht?"

„Sie haben ihn einfach von der Werkstatt weggeholt und ziemlich hart rangenommen. Er wurde sogar geschlagen, aber das machst du ja wohl auch bei Verhören."

„Aber nur wenn ich mir sicher bin, dass der Verhaftete ein Schwerverbrecher ist und das Maul nicht aufmacht, oder mir dumm kommt. Das ist was anders."

„Das ist deine Sichtweise."

„Hat er noch etwas gesagt?", ignorierte Marek die versteckte Kritik an seinen Methoden.

„Er hat fast die ganze Zeit in einem Verhörraum zugebracht. Zwischendurch wurde er auch mal in eine Zelle gesperrt. Er bekam kaum etwas zu essen oder zu trinken."

„Haben die ihn gleich verhört, oder haben sie ihn erst einmal schmoren lassen?"

„Nachdem sie ihn in den Raum gesetzt hatten, sind der Vice Commissario und der Ispetore gegangen. Er blieb in Handschellen und wurde von einem uniformierten Polizisten bewacht. Es hätte eine ganze Weile gedauert, bis der Vice Commissario zurückgekommen sei. Während des ganzen Verhörs hatte er den Eindruck, dass man ihn mit allen Mitteln zu einem Geständnis zwingen wollte. Kurz bevor er entlassen wurde, wäre er fast soweit gewesen. Nur um endlich Ruhe zu haben. Aber dann hätte man ihn an den Haaren gezogen und geschlagen. Das hätte ihn dann dazu bewogen standhaft zu bleiben."

„Dachte ich mir. Die suchen verzweifelt einen Sündenbock und haben nichts in der Hand. Der Vice Questore wird zusätzlich noch Druck machen und dieser Simeone verhaftet alle, die irgendwie mit den Fällen zu tun haben. Hauptsache er hat erst einmal Ruhe. Nur lange geht das nicht mehr gut."

„Danke für die Info. Bis später."

„Moment noch. Was bedeutet eigentlich xxx auf deiner Nachricht?"

„*Baci*, was sonst?", lachte Silvana. „Kennst du das nicht?"

***

Forese saß im Verhörraum und hatte den Kopf auf seine Hände gestützt. Dies hier kam ihm vor, als wäre er in einem falschen Film. Jeden Moment musste er doch wach werden und feststellen, dass es nur ein böser Alptraum war.

Die Tür ging auf und Vice Commissario Simeone betrat den Raum. Es war also kein Traum.

„Was soll das? Wieso halten Sie mich hier fest? Ich habe nichts getan."

Simeone tat so, als hätte er nichts gehört. Provokant ruhig und langsam setzte er sich gegenüber und grinste Forese herausfordernd an.

„Sie hatten ein Verhältnis mit Sofia De Luca. Das stimmt doch, oder etwa nicht?"

Der Lehrer senkte den Kopf und blickte unter sich.

„Können Sie mir versprechen, dass meine Frau nichts davon erfährt? Sie würde mir das nie verzeihen."

„Versprechen kann ich überhaupt nichts. Das hätten Sie sich früher überlegen müssen. Also?"

„Ja, wir hatten eine kurze Liaison, aber das war schon länger vorbei."

„Wie lernten Sie sich kennen? Sie, ein Lehrer mittleren Alters und eine junge, hübsche Frau."

Forese starrte sein Gegenüber an.

„Ich weiß, was Sie denken, aber so war es nicht.

Wir lernten uns auf einer Vernissage kennen. Wir hatten halt viele gemeinsame Interessen und sie war sehr belesen. Das Intime ergab sich dann eines Tages irgendwie. Es hatte für mich aber nichts schlimmes, sondern war für mich etwas Reines. Verstehen Sie was ich meine?"

„Nein, das will ich auch nicht verstehen. Sie hat Sie dann irgendwann abserviert. Vielleicht hat sie etwas Besseres gefunden. Einen richtigen Mann. Das konnten Sie nicht ertragen und haben sie umgebracht. War's nicht so?"

„Nein, um Himmels willen!", schrie Forese auf. „Ich hätte ihr doch nie etwas antun können. Außerdem war es doch schon länger vorbei und die Trennung geschah von meiner Seite aus."

„Was glauben Sie, wie oft ich das schon gehört habe", ignorierte Simeone den Einwand, „außerdem haben wir anders lautende Aussagen, wonach Sofia sich von Ihnen getrennt hat. Wenn Sie ein Geständnis ablegen, wirkt sich das positiv auf das Urteil aus. Also geben Sie es endlich zu."

Der Lehrer lehnte sich erschöpft zurück. Sein Gesicht wirkte grau, seine Wangen eingefallen.

„Ich habe nichts getan, daher kann ich auch nichts zugeben. Ich sage ab sofort nichts mehr, bis mein Anwalt hier ist."

Simeone schlug mit der Faust auf den Tisch.

„Dich krieg ich noch!", brüllte er und verließ den Raum.

Forese sank zusammen und wirkte nur noch wie ein Häufchen Elend.

„Meinen Sie wirklich, der war's?", fragte Scarpa, als sein Vorgesetzter den Nebenraum betrat.

„Jetzt fang du nicht auch noch an. Mir gehen die Verdächtigen aus. Einer muss es ja gewesen sein. Er hier hatte ein Verhältnis mit der De Luca und dieser Galluzzo hatte eines mit Emma Fabri. Sonst haben wir nichts. Der Alte bringt mich um, wenn ich ihm nicht bald einen Täter liefere."

„Vielleicht sollten wir nochmal die Hintergründe bei den beiden Opfern durchleuchten. Eventuell finden wir doch noch was."

„Ja, ist gut. Mach das. Ich versuche es später nochmal bei ihm hier."

„Aber Sie wissen ja…"

„Ja, ja, ich muss ihn bald wieder laufen lassen, wenn er nicht gesteht."

***

Marek wollte sich mit seiner Liste von Buchhandlungen und Büchereien auf den Weg machen, als ihm einfiel, dass es ja Wochenende war und diese Geschäfte außerhalb der Saison nicht so lange geöffnet hatten. Also blieb ihm nichts weiter übrig, als zu warten.

Als er seinen Kühlschrank inspizieren wollte, musste er feststellen, dass er wieder einmal vergessen hatte einzukaufen.

Glücklicherweise hatten die Supermärkte noch geöffnet. Da er ohnehin nichts anderes tun konnte, stieg er in seinen alten Lada und fuhr zu seinem Lieblingsmarkt in der Via dei Calamari.

Eine viertel Stunde später stellte er sich mit seinem vollen Einkaufswagen an der Kasse an. Vor ihm stand eine junge Frau mit einem ebenfalls vollen Wagen. Plötzlich drehte sie sich um und sah ihn an. Er wurde unsicher. Hatte er irgendetwas an sich? Hatte er eventuell grüne Pickel im Gesicht?

„Möchten Sie vielleicht vorgehen?", fragte sie und lächelte ihn an.

„Wieso möchte sie mich vorlassen?", fragte er sich. „Ihr Wagen ist doch genauso voll wie meiner."

„Vielen Dank, aber ich habe auch nicht weniger, als Sie."

„Gut, wenn Sie meinen. Ich dachte nur…dass Sie nicht so lange stehen müssen."

Er war geschockt.

„Trotzdem…vielen Dank", stotterte er.

Er wurde sich wieder mit einem Schlag seines Alters bewusst. Er war jetzt Ende Fünfzig und diese junge Frau hatte die Befürchtung, dass er an der Kasse zusammenbrechen könnte?

Hatte er nicht neulich erste Alterserscheinungen im Spiegel sehen können und was war mit seinen Gedächtnislücken?

Er beschloss nie wieder seinen Geburtstag zu feiern. Auch wenn Silvana darauf bestehen sollte. Nie wieder! Er konnte ohnehin nicht verstehen, warum man ausgerechnet das Älterwerden feierte.

Nachdem er seine ganzen Köstlichkeiten im Wagen verstaut hatte, überlegte er, ob er vielleicht bei Rosa vorbei schauen könnte, um bei einer guten Mahlzeit seinen Frust zu vergessen.

Rosa hatte noch geschlossen. Also klopfte Marek ans Küchenfenster und sofort erschien der mit einer frischen Dauerwelle behelmte Kopf der Padrona. Ihr eigentlich graues Haar hatte nun einen unübersehbaren Blaustich.

„*Ciao Roberto*. Komm rein. Du hast bestimmt Hunger."

„*Ciao Rosa*. Danke, sieht man mir das an?"

Als er in der Küche Platz genommen hatte, servierte ihm Rosa sofort einen Teller *farfalle all arrabbiata di mare*.

„Das sieht ja toll aus."

„Dann lass es dir schmecken. Ein Schlückchen Raboso?"

„Gerne. Danke."

„Und, wie weit seid ihr?", fragte Rosa neugierig, nachdem sie ihm den Wein gebracht hatte.

„Ehrlich gesagt, noch nicht sehr weit", nuschelte Marek und stopfte sich noch eine Gabel dieses köstlichen Gerichts in den Mund. „Die Polizei in Portogruaro hat jetzt einen Lehrer festgenommen…"

„…aber du glaubst nicht, dass der es war, oder?"

„Nein, garantiert nicht. Der hatte zwar mal ein Verhältnis mit dem ersten Opfer, aber das ist auch alles."

„Ihr schafft das schon", meinte Rosa bestimmt und beschäftigte sich wieder mit ihren Kochtöpfen.

Und an den Vorfall im Supermarkt dachte er auch nicht mehr.

13

Nach dem ereignislosen Wochenende war Marek schon früh auf den Beinen. Er hatte sich ein paar *Cornetti* und den Gazzettino besorgt und saß nun gemütlich beim Frühstück.

Das Wetter hatte sich gebessert und gelegentlich blinzelte auch einmal die Sonne hervor. Das würde ihm seine Mammutaufgabe, alle Büchereien und Buchläden im ganzen Umkreis abzuklappern, etwas erleichtern.

Er hatte gerade seine Frühstückszigarette geraucht und wollte sich auf den Weg machen, als Ghetti anrief.

„*Buon giorno Roberto*. Ich wollte dir nur mitteilen, dass sie den Lehrer mangels Beweisen wieder laufen lassen mussten."

„War ja klar. Die haben nichts…wir aber auch nicht", ergänzte er resigniert, „jedenfalls nicht viel."

„Was hast du nun vor?"

„Ich klappere alle Buchhandlungen und Büchereien ab. Irgendwoher muss er das Buch ja haben."

„Und wenn er nicht von hier ist?"

„Glaube ich nicht. Der ist hier aus dem weiteren Umkreis. Wahrscheinlich aber nicht aus Caorle."

„Wieso? Die beiden Morde fanden doch hier statt."

„Eben deshalb. Er kennt zwar Caorle und er fühlt sich hier sicher, eben weil *ihn* hier niemand kennt. Er schlägt hier zu und verschwindet wieder in der Anonymität."

„Da ist was dran. Das macht es für uns nicht gerade leichter."

„Vielleicht hab ich ja Glück und finde den Laden, wo er das Buch gekauft hat. Ich hoffe nur, dass er es nicht schon länger besaß."

„Dann viel Erfolg."

***

Vice Questore Poletto schäumte vor Wut und Simeone, der vor dem Schreibtisch seines Chefs stand, sah verlegen auf den Boden.

„Sie Dilettant!", brüllte Poletto. „Sie haben mich und die ganze Questura in der Öffentlichkeit zur Lachnummer gemacht."

„Aber…", versuchte sich Simeone zu verteidigen, doch weiter kam er nicht.

„Wie stehe ich denn jetzt da? Der Presse habe ich zweimal die Verhaftung des mutmaßlichen Mörders verkündet und jedes Mal stellte sich heraus, dass Sie nichts, aber auch gar nichts gegen diese Leute in der Hand hatten. Das ist an Unfähigkeit kaum noch zu überbieten. Statt in alle Richtungen zu ermitteln, haben Sie einfach die Erstbesten verhaftet, die Ihnen in die Finger kamen. Jetzt kann ich mir lebhaft vorstellen, warum man Sie in Treviso loswerden wollte. Ich werde Sie von dem Fall abziehen!"

„Aber Vice Questore…"

„Oder noch besser, ich suspendiere Sie bis auf weiteres und werde, wenn der ganze Schlamassel vorbei ist, Ihre Versetzung beantragen. Und jetzt gehen Sie mir aus den Augen. Ich will Sie nicht mehr sehen."

Mit gesenktem Kopf schlich Simeone hinaus. Draußen auf dem Flur zerquetschte er ein paar lautlose Flüche auf den Lippen.

Als er gerade das Büro betreten wollte, kam ihm Scarpa mit rotem Kopf entgegen.

„Was ist los, Chef?"

„Bin suspendiert. So eine Scheiße! Und wohin gehst du?"

„Ich soll sofort zum Alten kommen."

„Na, dann herzlichen Glückwunsch."

„Was? Wozu?"

Aber er bekam keine Antwort mehr. Simeone ging wortlos in sein Büro, nahm seinen Mantel und verließ die Questura. Er hatte den unwiderstehlichen Drang sich zu besaufen.

***

122

Mareks Laune wurde zunehmend schlechter. Er hatte mittlerweile mehr als ein Dutzend Buchhandlungen aufgesucht und immer die gleichen Antworten erhalten – kennen wir nicht, führen wir nicht.

Sein Magen knurrte, was seiner Laune auch nicht gerade zuträglich war. Er hatte sich zwar vorgenommen seine Suche bis nach Belluno auszuweiten, doch das würde er heute auf keinen Fall mehr schaffen. Mittlerweile war es schon Nachmittag und er hatte seit dem Frühstück nichts mehr zu sich genommen.

Er beschloss seine Suche in Portenone für heute zu beenden und etwas zu essen. Morgen war auch noch ein Tag.

Er bog in Richtung Innenstadt ab und kam in ein Gewirr von kleinen und kleinsten Straßen und Gassen. Bald hatte er völlig die Orientierung verloren. Irgendwann landete er wieder auf der Viale Franco Martelli, einer größeren Straße. Entnervt stellte er hier seinen Wagen ab und fragte den ersten Passanten, den er traf, nach einer empfehlenswerten Trattoria oder Osteria. Der Mann schickte ihn wieder in die gleiche Richtung, aus der er gerade gekommen war. Nach ein paar Minuten hatte er die Osteria gefunden und die Speisekarte sah verheißungsvoll aus.

Das Lokal hatte zwar geöffnet, aber er war der

einzige Gast, bis auf einen Arbeiter, der am Tresen einen Caffè trank.

Nachdem er sich an einen kleinen Tisch gegenüber der Tür gesetzt hatte, erschien sofort der Wirt und brachte ihm die Karte.

„Was darf es sein?"

„Zuerst einmal einen gut gekühlten Verduzzo frizzante. Ich habe seit Stunden nichts mehr getrunken und bin völlig ausgetrocknet."

„Kommt sofort. Wenn ich Ihnen etwas empfehlen darf, wir haben heute le*pre alla cacciatora*, ganz frisch."

„Wunderbar. Das hört sich gut an. Das nehme ich und zum Essen dann ein Glas Barolo."

„Ich sehe, Sie haben Geschmack."

***

Als wenig später der Wirt die Terrine mit dem köstlich duftenden Gericht brachte, fühlte sich Marek wieder wie im siebten Himmel und machte sich gleich darüber her.

Nachdem er noch die letzten Soßenreste mit einem Stück Brot vom Teller gewischt hatte, bestellte er sich noch einen Caffè und einen Fernet Branca.

„Sagen Sie", fragte Marek den Wirt, nachdem er bezahlt hatte, „ich habe hier eine Liste mit Buchhandlungen, die ich aufsuchen muss. Darunter sind auch welche hier in Portenone. Könnten Sie mir eventuell sagen wo die sind?"

Der Mann betrachtete kurz die Liste.

„Ja, diese ist hier an der Piazza del Cristo. Wenn Sie rausgehen gleich rechts."

„Vielen Dank. Das Essen war ausgezeichnet."

Marek ging die wenigen Meter zur Buchhandlung. Dort fragte er an der Kasse nach Werken von Francesco Petrarca.

„Ich sehe mal im System nach, aber ich glaube nicht, dass wir so etwas führen. Nein, dachte ich mir. Haben wir leider nicht, aber ich könnte es bestellen."

„Danke, nicht nötig. Ich brauche diese Information nur für eine polizeiliche Ermittlung. Hat jemals jemand hier so ein Buch gekauft?"

„Nein, bestimmt nicht. Versuchen Sie es doch mal in der Biblioteca Civica di Pordenone. Die haben bestimmt solche Werke."

„*Grazie Signora*. Und wo finde ich die Biblioteca?"

„An der Piazza XX Settembre. Das ist nicht sehr weit von hier. Gehen Sie einfach vor zur Viale Franco Martelli und dann nach links. Da stoßen Sie direkt auf die Piazza."

Nach ein paar Minuten stand Marek wieder vor seinem Lada. Er überlegte kurz, ob er zur Piazza fahren sollte, verwarf den Gedanken aber schnell. Wer weiß, ob er dort einen Parkplatz finden würde. So machte er sich zu Fuß auf den Weg und nach kurzer Zeit stand er vor einem wunderschönen Palazzo, der die Bibliothek beherbergte.

Er ging hinein und war erst einmal überwältigt. Endlos scheinende Gänge mit Bücherregalen wechselten sich mit langen Gängen ab, in denen an den hohen Fenstern Lesetische mit bunten Sesseln standen. In einem anderen Gang standen Arbeitstische mit Computern. Wie sollte er hier etwas finden?

Da entdeckte er an einer Wand einen Plan der Bibliothek mit ihren verschiedenen Bereichen. Als er den gesuchten Bereich mit den Klassikern endlich gefunden hatte, sah er eine Frau mittleren Alters, die augenscheinlich zum Personal gehörte.

„Scusi Signora", rief er, doch bevor er fragen konnte, hatte sie schon ihren Zeigefinger auf die Lippen gelegt um ihm zu bedeuten, dass er hier gefälligst leise zu sein hat.

„*Mi dispiace, Signora*", flüsterte er mit gespielt betretener Miene, als er dann vor ihr stand, „vielleicht können Sie mir helfen."

Sie bedeutete ihm den Lesebereich zu verlassen und ging vor in einen Nebenraum.

„Um was geht es?"

„Ich würde gerne wissen, ob hier jemand in letzter Zeit Sonette von Petrarca ausgeliehen hat."

„Warum? Sind Sie von der Polizei?"

„Ja, von der Polizei in Caorle."

„In der Tat hat vor einiger Zeit jemand ein solches Buch ausgeliehen und er hat es bis heute nicht mehr zurückgebracht. Es ist schon lange überfällig."

Mareks Herz machte einen Freudensprung.

„Und das wissen Sie auswendig bei so vielen Büchen hier?"

„Selbstverständlich", meinte die Signora mit Stolz in der Stimme, „in meiner Abteilung bin ich über alles informiert. Außerdem handelt es sich um ein sehr seltenes Werk."

„Respekt Signora. Können Sie mir auch sagen wer es ausgeliehen hat?"

„Natürlich, einen Moment bitte."

Sie ging an einen Computer, tippte etwas und kam kurz darauf mit einem Ausdruck wieder.

„Hier, bitte sehr, seine Adresse. Vielleicht könnten Sie ihn dazu bewegen das Buch zurückzubringen. Eine Strafgebühr ist ohnehin fällig."

„Vielen Dank Signora."

Marek sah auf den Zettel. Dort war neben dem Titel des Buchs und dem Leihdatum auch Name und Adresse vermerkt. Alessandro Lombardi, Via Vicenza 50, Caorle, war dort als Adresse angegeben. Das konnte unmöglich sein. In der Via Vicenza gab es doch nur ein paar Häuser. Der Name war wohl ebenso falsch.

„Können Sie sich noch zufällig an diesen Mann erinnern? Wie sah er aus?"

„Natürlich kann ich das. Er war etwa Ende dreißig, Anfang vierzig, mittelgroß, dunkelhaarig und trug einen Mantel mit hochgeschlagenen Kragen, was mich sehr verwunderte. Hier drin ist es ja nicht gerade kalt."

Marek konnte es nicht fassen. Diese Frau war unbezahlbar. Solche Zeugen hätte er sich immer gewünscht.

„Sie sind ein Genie, Signora."

Auf ihrem Gesicht zeigte sich ein verschmitztes, aber auch stolzes Lächeln.

„Hätten Sie etwas dagegen, wenn ein Kollege käme um ein Phantombild anzufertigen?"

„Nein, ganz und gar nicht. Vielleicht bekommen wir dann ja auch das Buch zurück. Hier haben Sie meine Karte."

„Nochmals vielen Dank Signora. Sie haben uns sehr geholfen."

Mit sich und der Welt zufrieden ging Marek zu seinem Wagen zurück und fuhr nach Hause.

***

Zurück in Caorle machte er noch einen kurzen

Abstecher in die Via Vicenza. Wie er schon vermutet hatte, gab es diese Adresse nicht. Die Hausnummern endeten bei Nummer 20.

Da die Caserma ganz in der Nähe war, wollte er Ghetti noch einen Besuch abstatten und ihm berichten.

„Schick morgen gleich einen Kollegen hin um ein neues Phantombild anzufertigen. Die Frau hatte ein fotografisches Gedächtnis. Mit dem Bild können wir vielleicht noch mehr anfangen, als mit dem, was wir schon haben."

„Du hattest wohl auch recht damit, dass der Kerl aus der Gegend ist und sich gut in Caorle auskennt. Die Adresse war gut gewählt. Eine kleine Straße und noch außerhalb des Zentrums."

„Ja, schick mir gleich das Bild, wenn es fertig ist. Wir müssen den Scheißkerl kriegen, bevor er wieder zuschlägt."

„Du glaubst also…?"

„Ja, wenn der Professore recht hat, gibt es mindestens noch zwei Morde. Oder er nimmt ein neues Sonett. Nicht auszudenken bei der Menge die Petrarca geschrieben hat. *Ciao Michele*."

Als Marek nach Hause kam, fühlte er sich schlapp und müde, aber er musste ja noch Silvana auf den neuesten Stand bringen. Sie würde es ihm sonst nicht verzeihen.

„…und die Adresse ist definitiv falsch?", fragte sie noch einmal nach, als er seinen Bericht beendet hatte.

„Ja, definitiv. Ich war eben noch einmal vor Ort. Die Hausnummer gibt es nicht."

„Ich bekomme aber so ein Phantombild. Das ist ja wohl klar."

„Du bekommst eins, wenn es zur Veröffentlichung freigegeben ist. Das liegt aber, wie du weißt, nicht in unserer Hand, da die Questura in Portogruaro die Ermittlungen leitet."

„Aber die fischen doch nur im trüben."

„Trotzdem. Es ist nun mal wie es ist. Wir ermitteln ja nur inoffiziell und Mambretti wird sich nicht die Finger verbrennen wollen."

„Na gut. Dann bis morgen. *Ciao caro*."

Nachdem das Gespräch beendet war, ging Marek in die Küche und bereitete sich ein paar *Tremezzini*.

Mit dem Teller Sandwiches und einem Glas Raboso machte er es sich vor dem Fernseher gemütlich.

Auf dem regionalen Fernsehsender war das Versagen der Polizei in den beiden Mordfällen das beherrschende Thema und Marek konnte sich eine gewisse Schadenfreude nicht verkneifen.

Die Leitung der Ermittlungen wurde nun einem Ispettore Scarpa übertragen.

Ein Vice Commissario wird von dem Fall abgezogen und die Leitung einem Ispettore übertragen? Wie verzweifelt musste der Vice Questore wohl sein?

Marek schaltete den Fernseher aus, rauchte noch eine Zigarette und legte sich ins Bett, wo er sofort einschlief.

14

Carlotta Negri klappte ihr Kassenbuch zu, verstaute die Tageseinnahmen in einer Box und schloss ihren kleinen Laden in der Calle Lunga ab.

Eilig lenkte sie ihre Schritte in Richtung Via Roma, wo sie die Geldbox noch bei Ihrer Bank deponieren wollte. Sie fühlte sich immer ein wenig unsicher, wenn sie mit dem ganzen Geld unterwegs war und erst recht bei Dunkelheit. Es war zwar nicht viel, ein paar hundert Euro, doch heute war man ja nie sicher.

Nachdem sie ihre Einnahmen eingeworfen hatte, fühlte sie sich erleichtert.

Sonst war sie immer nach der Arbeit mit ihrem Freund etwas trinken oder essen gewesen. An den Umstand, dass dies nicht mehr so sein wird, musste sie sich erst noch gewöhnen.

Vor zwei Tagen kam er von einem auswärtigen Termin zurück, der ihn nach Triest geführt hatte. Sie hatte sofort das Gefühl, dass da irgendwas nicht stimmte und als sie das fremde Parfum an seinem Hemd roch und ein langes rotes Haar auf seinem Revers entdeckte, war für sie der Fall klar.

Sie machte ihm eine gewaltige Szene und warf ihm einen Aschenbecher an den Kopf. Woraufhin er seine Tasche packte und einfach verschwand.

Nun musste sie sich erst einmal wieder an den Zustand des Alleinseins gewöhnen.

Einen Moment lang stand sie unschlüssig da, dann entschloss sie sich alleine etwas trinken zu gehen. Irgendwann musste es ja mal sein. Sie ging hinüber zum Bafile, wo noch nicht so viel Betrieb herrschte, setzte sich an einen der hinteren Tische und bestellte sich einen Cappuccino.

Dass sie von einem Mann auf der anderen Straßenseite beobachtet wurde, hatte sie nicht bemerkt. Der Mann hatte den Kragen seines Mantels hochgeschlagen und rauchte eine Zigarette.

Auf seinem Rundgang durch die Altstadt hatte er die junge Frau gesehen, als sie ihren Laden verließ und war ihr unauffällig gefolgt.

Nun beobachtete er, wie sie in das Café ging. Ein paar Minuten würde er ihr noch Zeit geben.

***

Carlotta Negri rührte gedankenverloren Zucker in ihren Cappuccino, als sie den Mann bemerkte, der gerade das Café betreten hatte. Er fiel ihr eigentlich nur auf, da das Café sonst fast leer war. Anderenfalls wäre er ihr wahrscheinlich nicht aufgefallen. Er war mittelgroß, auf jeden Fall wesentlich älter, als sie selbst und nicht besonders attraktiv.

Er ging zum Tresen und bestellte sich etwas. Plötzlich blickte er unvermittelt zu ihr hinüber. Sie fühlte sich ertappt und sah schnell verlegen auf ihre Tasse.

Der Mann löste sich vom Tresen und kam direkt auf sie zu. Hätte sie doch bloß nicht so auffällig hingesehen.

„*Scusi Signorina*, darf ich mich zu Ihnen setzen? Alleine trinken ist nicht so schön, nicht wahr? Ich hoffe, Sie haben nichts gegen ein wenig Gesellschaft."

Sie war von seiner höflichen Art überrascht. Er hatte eine angenehme Stimme und wirkte vertrauenserweckend.

„Ja, bitte", sagte Sie unsicher und wies mit der Hand auf einen freien Stuhl.

„Darf ich Ihnen etwas zu trinken bestellen?", fragte er, nachdem er Platz genommen hatte.

„Ich weiß nicht…"

„Bitte sagen Sie ja."

„Na gut", gab sie nach, „vielen Dank."

„Wie wäre es mit einem Prosecco?"

„Gerne."

Sie wusste nicht warum, aber sie hatte diesem Fremden gegenüber Vertrauen gefasst.

„Wie unhöflich von mir. Ich habe mich noch gar nicht vorgestellt. Ich heiße Alessandro Lombardi."

„Ich bin Carlotta Negri. Angenehm."

„Nicht dass Sie glauben, Carlotta, ich würde immer junge Damen ansprechen, aber heute war mir nach etwas Gesellschaft."

„Ist etwas passiert?"

„Eigentlich wollte ich nicht darüber sprechen."

„Oh, dann entschuldigen Sie bitte."

„Nicht doch. Es ist nur so, ich habe eine ziemlich schmutzige Scheidung hinter mir und muss noch lernen damit umzugehen."

„Verstehe, dann sind wir ja fast Leidensgenossen."

„Sind sie auch geschieden?"

„Nein, aber mein Freund hat mich betrogen und ich habe ihn hinausgeworfen."

***

„Wollen wir noch etwas spazieren gehen?", fragte der Mann, als sie die Flasche geleert hatten. „Es ist eine schöne Nacht."

Carlotta zögerte noch kurz, willigte dann aber ein. Und so schlenderten sie langsam die Calle Lunga entlang bis zur Piazza Vescovado.

„Wussten Sie, dass diese kleine Kirche dort vorne etwas ganz besonders ist?", fragte er plötzlich und deutete auf die Chiesa Madonna dell' Angelo.

„Wenn Sie mich so fragen, nein, das wusste ich nicht."

„Falls Sie möchten, kann ich Ihnen dort etwas

zeigen, was diese Kirche so besonders macht."

Sie sah sich um. Weit und breit war kein Mensch zu sehen und das verunsicherte sie.

„Sie müssen ja nicht, wenn Sie nicht wollen."

Er wollte sie nicht zwingen und das fühlte sich gut an, also willigte sie ein.

„Gerne, ich bin gespannt."

Als sie im überdachten Vorraum der kleinen Kirche standen, zeigte er ihr ein in die Wand neben dem Eingang eingelassenes Marmorkreuz.

„Vor langer Zeit gab es hier mal eine Sturmflut. Die Einwohner der Stadt waren in diese Kirche geflüchtet. Das Wasser stieg bis hier hin."

„Aber dann waren die Menschen in der Kirche doch auch gefährdet."

„Eben nicht. Der Legende nach ist kein Tropfen Wasser in die Kirche gelaufen."

„Das ist eine schöne Geschichte."

„Und ein besonderer Ort."

Er war direkt vor sie getreten und starrte sie an. Die ganze Situation wurde ihr plötzlich unheimlich.

„Ich muss jetzt nach Hause", stammelte sie.

„Da wartet doch niemand auf dich."

Hatte er sie jetzt geduzt?

„Aber ich bin müde."

Sie wollte sich abwenden und gehen, aber er hatte

ihr beide Hände auf die Schultern gelegt und sie sah, dass er plötzlich dunkle Lederhandschuhe trug. Er drückte sie gegen eine der weißen Säulen.

„Ich liebe dich", flüsterte er heißer. „Das war mir sofort klar, als ich dich sah."

„Wir kennen uns doch gar nicht. Lassen Sie mich los."

„Ich werde für dich sorgen."

„Wenn Sie mich nicht sofort in Ruhe lassen…"

„Was dann?"

Er versuchte sie zu küssen, aber sie konnte gerade noch ihr Gesicht abwenden.

„Wir gehören zusammen, verstehst du?"

„Nein, lassen Sie mich in Ruhe. Ich schreie sonst."

„Niemand wird dich hier hören. Was hast du gegen mich? Ich kann dir alles bieten, was du willst."

Sie versuchte sich loszureißen, doch er hielt sie an beiden Armen fest umklammert.

In ihrer Panik versuchte sie ihn zu treten. Dann noch ein letzter Versuch sich zu wehren, aber sie war schon zu erschöpft und er war zu stark.

Sie sank in sich zusammen, doch er zog sie wie eine Puppe wieder hoch.

„Wenn ich dich nicht haben kann, dann bekommt dich keiner", sagte er leise mit rauer Stimme, die plötzlich gar nicht mehr so angenehm klang.

Er legte seine Hände um ihren Hals und drückte langsam aber fest zu. Das letzte, was sie in ihrem kurzen Leben sah, war sein wahnsinnig verzerrter Gesichtsausdruck, mit dem er sie beim Sterben beobachtete.

15

Anna Amato trank den Rest ihres Proteindrinks aus, legte sich ihre Smartwatch um und verließ das Haus um ihre tägliche Runde zu laufen. Das Joggen war für sie das beste Kontrastprogramm zu ihrem stressigen Job als Leiterin einer Werbeagentur. Es wurde zwar schon langsam hell, aber die Stadt lag offenbar noch im Tiefschlaf. Niemand war zu sehen. Ihr Weg führte sie von der Via dello Scorpione, wo sie ein kleines Haus besaß, hinunter zur Strandpromenade und dann in Richtung Madonna dell' Angelo. Als sie gerade die kleine Kirche passierte, sah sie daneben etwas auf dem Rasen liegen. Sie stoppte, überprüfte schon rein mechanisch ihre Vitalfunktionen und ging näher ran. Bei dem, was sie dort sah, erschrak sie so heftig, dass sie rückwärts über den Fahrradständer stolperte und sich an beiden Ellenbogen verletzte. Sie brauchte einen Moment um sich zu sammeln, dann wählte sie den Notruf der Polizei.

***

Marek wälzte sich unruhig in seinem Bett hin und her. Dann schlug er die Augen auf.

Sonnenstrahlen bahnten sich ihren Weg durch die Schlitze seiner Fensterläden und ein wohlbekanntes

Geräusch drang an sein Ohr.

Sein Handy klingelte ohne Unterlass. Er richtete sich auf und sah auf die Uhr. Es war erst kurz nach halb neun.

Er griff nach dem Telefon.

„Pronto."

„Buon giorno, Roberto", meldete sich Ghetti.

„Was gibt's denn mitten in der Nacht?"

„Er hat wieder zugeschlagen."

Marek war sofort hellwach.

„Scheiße! Wann und wo?"

„Wie es aussieht gestern Abend. Die Leiche wurde heute Morgen auf der Wiese neben der Chiesa Madonna dell' Angelo gefunden."

„Bin gleich da."

Marek sprang aus dem Bett, ließ sich im Bad etwas kaltes Wasser über den Kopf laufen, zog sich rasch an und verließ das Haus.

Ein paar Minuten später hielt er vor der kleinen Kirche an.

Ghetti stand vor den Fahrradständern und winkte ihm zu.

„Dottore Lovati ist schon auf dem Weg. Hier auf der Wiese, direkt hinter den Fahrradständern, wurde sie gefunden."

„Weiß man wer sie ist?"

„Sie heißt Carlotta Negri, zweiunddreißig, ledig. Sie hat einen kleinen Laden in der Calle Lunga."

„Wer hat sie gefunden?"

„Eine Joggerin. Sie läuft immer sehr früh ihre Runde. Als sie hier vorbei kam, sah sie etwas auf dem Rasen liegen und als sie näher kam, entdeckte sie die Leiche. Sie hat sich so erschreckt, dass sie über den Fahrradständer gefallen ist. Sie ist noch ziemlich mitgenommen."

„Wo ist sie jetzt?"

„Sie sitzt vor der Kirche. Die Sanitäter haben ihr eine Decke gegeben und sie verarztet."

„Und sie hat euch gleich informiert?"

„Ja, warum?"

„Ich wundere mich nur, dass sie beim Joggen ein Telefon dabei hat."

Ghetti grinste ihn an.

„Was ist? Warum grinst du so blöd?"

„Du gehst wohl nicht mit der Zeit. Sie hat mit ihrer Smartwatch telefoniert."

„Mit was?"

„Sag nur, das kennst du nicht? Das ist eine Armbanduhr, mir der man seine Vitalfunktionen beim Joggen überprüfen kann. Außerdem kann mit diesen Dingern telefonieren und sogar E-Mails schicken oder empfangen."

Marek sah ihn einen Moment lang verständnislos an, dann schüttelte er resigniert den Kopf.

„Ich glaub, ich bin zu alt für diese Welt."

„Lass den Kopf nicht hängen", versuchte Ghetti ihn zu trösten, „ich hab auch nicht so ein Teil. Ist mir viel zu teuer."

„Na dann. Habt ihr schon mit der Joggerin gesprochen?"

„Nur kurz. Das können wir ja immer noch. Ah, da kommt der Dottore."

Lovati kam mit seinem Koffer und der üblichen Zigarette im Mundwinkel auf sie zu.

„Kann man bei euch nicht einmal in Ruhe frühstücken? Was haben wir denn hier?"

„Tja, wie es aussieht, hat unser Täter wieder zugeschlagen."

„Dann wollen wir mal…"

Der Pathologe steckte sich eine neue Zigarette an und machte sich ans Werk.

Ein paar Minuten später richtete er sich wieder auf und steckte sich gleich die nächste an.

„Mit Sicherheit derselbe Täter. Die gleichen Verletzungsmuster. Nur sie hat sich offenbar sehr gewehrt. Und dann noch dies hier."

Er reichte Marek einen Asservatenbeutel mit einem Zettel darin.

„Todeszeitpunkt etwa um Mitternacht. Plus minus zwei Stunden. Sie lag ja hier in der Kälte. Da geht's nicht genauer."

„Danke Dottore."

Nachdem Lovati sich verabschiedet hatte nahm Marek den Zettel aus der Tüte.

„Willst du das nicht erst der Spurensicherung geben? Ich meine wegen der Fingerabdrücke."

„Der hat bis jetzt keine hinterlassen, da hat er hier bestimmt nicht mit angefangen."

Er faltete das Papier auseinander.

Säh' rothe Roſen, die in Schneen weben,
Vom Hauch bewegt das Elfenbein enthüllen,
Das den von Marmor macht, der's nah gewahret,

„Der dritte Vers oder auch das erste Terzett. Verdammter Mist. Wir müssen das Schwein finden, bevor er sein Werk vollendet. Ich will mir gar nicht vorstellen, dass er mit einem anderen Sonett weitermacht."

„Oh Gott!", meinte Ghetti entsetzt. „Wie viele davon hat dieser Petrarca nochmal geschrieben?"

„Zu viele."

„Wie wollen wir jetzt weitermachen?"

„Es hilft nichts, auch wenn es die Leute schockiert.

Lass dir ein Foto von der Toten schicken. Lovati wird schon wissen, wie er sie zurecht macht. Gib das Foto dann gleich an Silvana. Sie kann vielleicht noch eine Sonderausgabe bringen. Versuchen müssen wir es."

„Gut, mach ich. Und was machst du jetzt?"

„Ich gehe frühstücken."

***

Marek hatte sich auf dem Heimweg ein paar *Cornetti* und den Gazzettino besorgt.

Nun saß er in der Küche, trank Caffè, vertilgte seine Hörnchen und blätterte in der Zeitung.

Plötzlich fiel ihm noch etwas ein. Er zog sein Handy aus der Tasche und rief Ghetti an.

„Was ich vergessen hatte, wie weit seid ihr mit dem Phantombild? War schon jemand bei dieser Bibliothekarin?"

„Ja, der Kollege war gestern noch da. Ich sehe mal nach, ob er schon fertig ist."

„Mach Druck. Schick es mir gleich, wenn es fertig ist. Die Beschreibung von der Signora war bisher die beste."

„Sicher. Bis dann."

Anschließend rief er Silvana an, um sie zu informieren.

„…und das erzählst du mir erst jetzt? Wahrscheinlich hast du erst einmal in Ruhe gefrühstückt", maulte sie.

„Nein, ich komme doch gerade erst vom Tatort zurück", log er, „und ich hatte in der Eile mein Telefon vergessen."

„Na gut, wenn das so ist", gab sie sich versöhnlich, „dann erzähl mal und zwar ausführlich."

Marek berichtete detailliert, was sich an diesem Morgen zugetragen hatte und war bemüht nicht eine Winzigkeit auszulassen. Das würde sie ihm nicht verzeihen.

„…du bekommst von Ghetti noch ein Foto der Toten geschickt. Wäre schön, wenn ihr damit eine Extraausgabe herausbringen könntet."

„Ich rede mit dem Redakteur. Das geht bestimmt in diesem Fall. Gehen wir heute Abend essen?"

„Gerne. Um acht bei Rosa?"

„Ja, das schaffe ich. *Ciao caro*."

***

Am späten Nachmittag erschien eine vierseitige Sonderausgabe des Gazzettino, die ausschließlich über diesen neuen Mordfall berichtete.

Bei dem Foto der Toten hatte Lovati ganze Arbeit geleistet. Die junge Frau sah aus, als würde sie schlafen.

Inzwischen hatte Marek auch das Phantombild erhalten. Es war wirklich das Beste, das sie hatten.

145

Als er am Abend gerade das Haus verlassen wollte, um sich mit Silvana zu treffen, klingelte sein Telefon. Er überlegte kurz es einfach zu ignorieren, doch dann ging er zurück ins Arbeitszimmer.

„*Ciao Roberto*", meldete sich Ghetti und seine Stimme klang aufgeregt, „ein Kellner vom Bafile hat sich gemeldet."

„Was ist das denn?"

„Das neue Café an der Piazza Matteotti. Er hat die Tote erkannt. Sie war gestern dort. Ein Mann hätte sich später zu ihr gesetzt und Prosecco bestellt. Die Beschreibung passt zu dem, den wir suchen. Auch hier hatte er seinen Mantel nicht ausgezogen."

„Wenigstens etwas. Bist du gerade dort?"

„Ja."

„Dann versuche irgendwas zu finden, was der Kerl angefasst hat. Gläser oder die Prosecco Flasche."

„Hab ich schon versucht, aber die Gläser wurden am Abend noch gespült und der Müll mit der leeren Flasche heute Morgen abgeholt."

„Scheiße, wir hätten ja auch mal Glück haben können."

„Was sagst du zu dem Phantombild?"

„Das ist echt gut. Mach mal ein paar dutzend Kopien. Ich hol mir morgen welche ab."

„Was hast du vor?"

„Ich werde jede Kneipe und jedes Café abklappern und nach diesem Kerl fragen. Dort scheint er ja bevorzugt seine Opfer auszusuchen."

„Das sind aber jede Menge. Da hast du dir was vorgenommen."

„Wir können uns die Suche auch aufteilen. So, jetzt muss ich aber los. Bin eh schon zu spät dran und du kennst ja Silvana."

***

Als Marek die Trattoria betrat, saß Silvana bereits an *ihrem* Tisch und sie sah verärgert aus.

„Bevor du anfängst", begrüßte er sie und hob abwehrend die Hände, „gerade als ich gehen wollte, rief Ghetti an. Er hat einen Zeugen gefunden."

Sofort war ihr Ärger über seine Verspätung verflogen.

„So, wer ist es denn? Hat dieser Zeuge den Täter erkannt?"

„Moment, darf ich mich erst einmal setzen?"

In diesem Moment erschien Rosa um ihre Bestellung aufzunehmen.

„Was kannst du uns denn heute empfehlen?"

„Wie wäre es mit *risi e scampi* und danach *marsoni friti*, die habe ich heute ganz frisch bekommen. Dazu eine schöne *polenta*."

„Klingt fantastisch und dazu einen Soave."

„Ist das nicht schlimm?", wechselte Rosa dann gleich das Thema. „Die arme Frau. Ich hoffe, ihr erwischt das Schwein bald."

„Das hoffe ich auch. Das kannst du mir glauben", erwiderte Marek.

„Also erzähl schon", drängte Silvana, nachdem Rosa wieder in der Küche verschwunden war.

„Kennst du ein Café, das Bafile heißt?"

„Sicher kenne ich das."

„Ein Kellner hat in deiner Sonderausgabe das Foto gesehen und die Frau wiedererkannt. Sie war gestern dort. Später hätte sich ein Mann zu ihr gesetzt, dessen Beschreibung exakt auf unseren Verdächtigen passt."

„Und weiter?"

„Wie? Nix weiter. Sie sind später zusammen gegangen und heute früh wurde die Frau tot aufgefunden. Mehr wissen wir auch noch nicht. Nur dass es definitiv in allen drei Fällen der gleiche Täter war."

„Wieso seid ihr euch da so sicher? Nur wegen der Beschreibung?"

„Nein, Dottore Lovati hat es uns bestätigt und wegen diesem Detail hier."

Marek zog eine Kopie des Verses aus der Tasche, den sie bei dem letzten Opfer fanden und schob es Silvana hinüber.

„Verstehe."

Rosa kam mit der Vorspeise und dem Wein.

„Buon appetito."

***

„Wie willst du weiter vorgehen?", fragte Silvana, als sie nach dem köstlichen Essen bei Caffè und Grappa saßen.

„Wir haben jetzt noch ein besseres Phantombild, was nach Angaben der Bibliothekarin gemacht wurde, bei der unser Mann das Buch ausgeliehen hat."

„Warum hab ich das noch nicht?"

„Ganz einfach, weil wir es nicht in der Zeitung haben wollen."

„Und warum nicht? Das Foto von der Toten durfte ich doch auch bringen."

„Ja und zwar exklusiv. Wenn aber unser Täter sein Konterfei in der Zeitung sieht, ist er gewarnt und verschwindet vielleicht. Dann kriegen wir ihn nie."

„Na gut. Und nun? Was hast du vor? Habt ihr schon irgendeinen Anhaltspunkt, außer dem großen Unbekannten mit dem Mantel, den er nie auszieht?"

„Michele und ich klappern morgen jedes Café, jede Bar und jedes Restaurant in der Stadt ab und zeigen das neue Bild. Vielleicht haben wir Glück und es erkennt ihn jemand."

„Da habt ihr ja viel vor. Aber du weißt ja, wenn du irgendetwas hast…"

„…bist du die erste, die es erfährt."

„Genau. Kommst du mit zu mir?"

„Sehr gerne, aber mein Auto nehme ich diesmal mit, weil ich gleich morgen früh zur Caserma muss."

17

Als Marek am nächsten Morgen aufwachte, war Silvana schon wieder unterwegs. Er sah kurz auf die Uhr. Es war zwar erst neun, aber er hatte heute noch so viel vor, dass er sich entschloss sofort aufzustehen.

In der Küche fand er eine Nachricht. Sie hatte wohl verschlafen und daher keine Zeit ihm seine *Cornetti* zu besorgen.

Er bereitete sich einen Caffè und rauchte eine Zigarette. Dann nahm er schnell eine Dusche, kleidete sich an und fuhr zur Caserma.

„*Buon giorno Michele*."

Ghetti sah ihn verwundert an.

„Bist du aus dem Bett gefallen, oder ist das schon senile Bettflucht?"

„Noch so ein Spruch und du frühstückst aus der Schnabeltasse", brummte Marek. „Sag mir lieber, ob du die Kopien fertig hast."

„Ja sicher. Hier drüben liegen sie."

„Sehr gut. Jeder von uns nimmt die Hälfte. Ich klappere den westlichen Teil bis zur Altstadt ab und du den nördlichen und östlichen Teil. Bis heute Abend sollten wir durch sein. Wenn der Typ in Bars oder Cafés auf die Jagd geht, gibt es vielleicht irgendwo einen Hinweis auf ihn."

„Na gut", meinte Ghetti wenig überzeugt. „Ach, was mir noch einfällt. Vorhin kam ein Kollege vorbei und sah die Bilder hier liegen. Er war der Meinung diesen Kerl schon einmal irgendwo gesehen zu haben. Er konnte sich aber nicht daran erinnern wo und wann."

„Wäre auch zu schön gewesen. Na dann los."

***

Der Mann legte Boccaccios Dekameron zur Seite. Wie gerne hätte er in dieser Zeit gelebt. In dieser Zeit, in der das Wort *Liebe* noch eine Bedeutung hatte. Eine Zeit, in der man des Anderen Frau begehren konnte, um ihr zu zeigen, dass man der Bessere für sie war. Mit allen Konsequenzen.

Er fühlte sich wie Ricciardo Minutolo, der die Gattin des Filippello Sighinolfo begehrt. Nur hatte er noch keine entsprechende Frau gefunden, der gegenüber er sein ganzes Füllhorn voller Liebe ausschütten konnte.

Seine letzten Versuche waren dramatisch gescheitert. Dabei musste er diese Frauen doch gar nicht erst überzeugen, dass er der ideale Mann für sie war. Sie waren doch schon von ihren Partnern enttäuscht und getrennt.

Trotzdem wollten sie nichts von ihm wissen, ja sie

versuchten es nicht einmal. Sie wiesen ihn gleich ab und das verletzte ihn sehr. Er hatte sie dafür bestraft. Wie zur Zeit Boccaccios, als man untreue Frauen auch einmal mit dem Tode bestrafte.

Wenn sie ihn nicht wollten, dann sollten sie niemanden begehren dürfen.

Er kleidete sich sorgsam an, legte noch etwas Eau de Cologne auf und betrachtete sich im Spiegel. Unwiderstehlich wie Ricciardo Minutolo, dachte er zufrieden, nahm seinen Mantel und verließ das Haus.

Er hatte Caorle zu seinem Jagdrevier auserkoren. Es war weit genug von seinem Wohnort entfernt, groß genug um anonym zu bleiben und es gab ausreichend Lokalitäten um jemanden kennenzulernen.

Bei den letzten drei Versuchen hatte es ja funktioniert, allerdings war das Ergebnis nicht zu seiner Zufriedenheit ausgefallen und er musste die Angelegenheit unschön beenden.

***

Marek hatte sich einen Stoß Kopien der Phantombilder genommen und fuhr zu seiner Wohnung, die am westlichen Ende der Stadt lag.

Bevor er loslegte musste er zuerst etwas essen. Er machte sich schnell ein paar *Tramezzini* und einen Caffè. Das sollte vorerst reichen.

Dann fing er von hier aus an die Fotos in Bars und

Restaurants auf beiden Seiten entlang der Viale Santa Margherita bis hin zur Altstadt zu verteilen und sprach mit dutzenden von Angestellten.

Ghetti tat das Gleiche im nördlichen und östlichen Bereich der Stadt.

Vielleicht hatten sie ja Glück und irgendjemand hatte diesen Unbekannten gesehen oder kannte ihn eventuell sogar.

***

Der Mann stellte seinen Wagen in der Tiefgarage an der Via delle Cape ab. Hier konnte er kommen und gehen ohne bemerkt zu werden.

Es war erst Nachmittag und noch zu hell für sein Unterfangen, aber er hatte ja Zeit. Langsam schlenderte er über die Piazza Matteotti. Am Bafile Grancafé blieb er kurz stehen. Sollte er? Oder besser noch nicht? Er konnte seinen inneren Drang gerade noch bändigen. Außerdem war es speziell hier noch zu riskant. Die Gefahr wiedererkannt zu werden war noch zu groß.

Er bog in die Altstadt ab. Am Ende der Rio Terrà delle Botteghe sah er eine Gelateria, die bereits Tische und Stühle unter einer Markise aufgestellt hatte.

Jetzt konnte er nicht mehr widerstehen. Er spähte hinein und sah eine junge Frau an einem der Tische sitzen. Er ging hinein, stellte sich an die Theke und

154

bestellte sich einen Grappa. Dabei war sein Blick unentwegt auf die junge Frau gerichtet, die offenbar gedankenverloren einen Cappuccino trank.

Nach einigen Minuten ging er hinüber zu ihrem Tisch.

„Entschuldigen Sie bitte, darf ich mich zu Ihnen setzen?"

***

Nach über drei Stunden fing Mareks Rücken an zu schmerzen und die Füße taten ihm weh. Erfolg hatte er aber noch keinen zu verzeichnen. Niemand wollte den Mann auf den Bildern jemals gesehen haben.

„Verdammt, das ist doch das Alter", dachte er betrübt.

In der Altstadt wollte er sich erst einmal einen Caffè und eine Zigarette genehmigen und etwas ausruhen.

Es war bereits Nachmittag, als er eine Gelateria sah, die schon Tische und Stühle im Freien aufgestellt hatte. Seufzend ließ er sich auf einen Stuhl fallen, warf die restlichen Fotos auf den Tisch und bestellte sich einen doppelten *Caffè corretto*. Dann steckte er sich eine Zigarette an und lehnte sich zurück.

Als kurz darauf die junge Bedienung seine Bestellung brachte, blieb sie kurz stehen und betrachtete interessiert die Fotos.

„Kennen Sie diesen Mann?", fragte Marek, dem das nicht verborgen geblieben war.

„Ja, ich denke schon."

„War dieser Mann etwa hier? War er in Begleitung einer Frau?"

Marek merkte wie sein Herz schneller schlug.

„Ja, er war eben noch hier. Er sprach eine junge Frau an, die drin alleine an einem Tisch saß. Dann setzte er sich dazu und bestellte Prosecco."

„Ist Ihnen sonst noch etwas aufgefallen? Sprache, Aussehen, Kleidung?"

„Nein, eigentlich nicht…doch, warten Sie, er behielt auch drin seinen Mantel an. Das hat mich dann doch etwas gewundert."

„Und wann sind die beiden gegangen?"

„Vor ein paar Minuten erst. Kurz bevor Sie kamen."

„Wissen Sie noch in welche Richtung sie gingen? Sie gingen doch zusammen, oder?"

„Ja, sie waren recht gut gelaunt, obwohl er mir zu aufdringlich gewesen wäre. Sie gingen dort hinunter, Richtung Piazza."

Marek sprang auf und vergaß seinen Caffè. Er warf einen Schein auf den Tisch und packte den Stoß Bilder zusammen.

„*Grazie Signorina*. Sie haben mir sehr geholfen."

Dann eilte er davon. Unterwegs angelte er sein Handy aus der Tasche und rief Ghetti an.

„Wir haben ihn, Michele. Er war vorhin in einer Gelateria und hat wieder eine junge Frau abgeschleppt."

„Und wohin ist er?"

„Ich glaube, er geht dahin, wo wir das erste Opfer fanden. Jedenfalls ist er in die Richtung Piazza S. Pio gegangen und von da aus geht's in die Calle Cancelleria."

„Ich komme sofort zur Piazza Vescovado. Dann können wir ihn vielleicht in die Zange nehmen."

„Bring noch ein paar Männer mit. Bewaffnet. Der darf uns nicht mehr entwischen. Am besten noch ein, zwei Scharfschützen."

„So etwas haben wir leider nicht."

„Aber Gewehre habt ihr doch hoffentlich. Bring mir auch eine Knarre mit…scheiße!"

„Was ist?"

„Ich glaube ich sehe die beiden. Beeil dich."

Marek steckte sein Handy ein und folgte dem ungleichen Paar. Dabei steckte er in dem Dilemma, dass er sie auf der einen Seite nicht aus den Augen verlieren durfte, es aber auf der anderen Seite in der schmalen Calle Cancelleria kaum Möglichkeiten gab, wo er sich verstecken konnte.

Die Hand des Mannes glitt langsam über den Rücken der jungen Frau bis zu ihrem Hinterteil, was sie offenbar als nicht so angenehm empfand. Sie versuchte sich von der Hand zu befreien.

Marek presste sich in einen schmalen Hauseingang und beobachtete, wie der Mann wild gestikulierend auf die Frau einredete und sie dabei am Handgelenk festhielt. Sie versuchte sich loszureißen, was ihr aber misslang. Daraufhin drückte er sie an eine Hauswand und legte seine Hände um ihren Hals.

Jetzt musste Marek handeln. Er löste sich aus seiner Deckung und rannte los.

„Hey. Lass sofort die Frau los!", brüllte er.

Einen Moment lang sah ihn der Mann überrascht an und lockerte seinen Griff am Hals der Frau. Doch dann fasste er sie am Arm und riss sie an sich. Dabei zog er mit der anderen Hand eine Pistole aus der Tasche und gab ohne zu zögern einen Schuss auf Marek ab. Die Kugel streifte die Hauswand direkt neben Mareks Kopf und Mörtelstaub flog ihm ins Gesicht. Instinktiv ließ er sich auf den Boden fallen und verfluchte sich selbst, dass er seine Waffe nicht eingesteckt hatte.

Der Mann nutzte den Moment und zerrte die Frau mit sich zum Campo degli Oriondi.

Marek riss sein Handy aus der Tasche und rief

Ghetti an.

„Wo seid ihr?"

„Wir sind hier an der Piazza."

„Er hat mich gesehen und auf mich geschossen. Die Frau hat er als Geisel mitgenommen und ist auf dem Weg zu euch. Also größte Vorsicht!"

An einer Hausecke spähte er vorsichtig in Richtung Campo degli Oriondi und sah, wir der Mann mit seiner Geisel die Piazza Vescovado erreichte. Er eilte hinterher.

Plötzlich blieb der Mann stehen und hielt der Frau die Pistole an den Kopf.

„Stehen bleiben! Keiner kommt näher, sonst erschieß ich sie."

Offenbar hatte er Ghettis Männer entdeckt. Aber er steckte nun in der Falle. Es gab keinen Ausweg mehr.

Marek hatte nun auch die Piazza erreicht und sah, dass der Platz zu beiden Seiten von den Carabinieri abgesperrt war. Er schätzte kurz die Lage ein. Bis auf den Campanile gab es freies Schussfeld. Andererseits durften sie die Frau nicht gefährden. Es wusste auch niemand einzuschätzen, wie der Mann in Bedrängnis reagieren würde.

„Geben Sie auf und lassen Sie die junge Frau frei", rief er in dem Wissen, dass dies bei dem Mann nichts nutzen würde. Aber sie brauchten Zeit und es wurde langsam dunkel.

„Das könnte euch so passen. Verschwindet, oder ich erschieße sie."

„Sie kommen hier nicht mehr raus", hörte Marek Ghetti rufen, der links von ihm in den Arkaden stand. Er ging schnell zu ihm hinüber.

„Was sollen wir machen? Bei einem Zugriff macht er womöglich ernst und erschießt die Frau."

„Ich hoffe auch, dass der nicht komplett durch-dreht. Hast du mir was mitgebracht?"

„Ja."

Ghetti griff hinter sich, wo ein Gewehr an der Wand lehnte und drückte es Marek in die Hand.

„Was ist das denn?"

„Ein Beretta AR70/90. Was anderes haben wir nicht."

„Na bravo. Hoffentlich kann man mit dem Teil im Notfall auch was treffen. Wo kann ich auf Einzelfeuer stellen?"

„Hier…scheiße…"

„Was ist?"

„Da drüben."

Im Campanile ging die Innenbeleuchtung an. Da der Eingang zu dem Turm etwas unter dem Niveau der Piazza lag führten ein paar Stufen hinunter zur

Tür. Und genau auf diesen Stufen erschien plötzlich ein Mann in einem Overall. Er hatte offenbar irgendetwas in dem Turm zu tun gehabt und von den Geschehnissen hier draußen nichts mitbekommen.

Der Geiselnehmer hatte es auch bemerkt und bedrohte den Mann mit seiner Pistole, der ihm dann einen Schlüssel aushändigte.

„Scheiße, der will sich im Turm verbarrikadieren. Das macht alles nur noch schwerer."

„Aber er muss doch wissen, dass er da nicht mehr einfach so rauskommt", warf Ghetti ein.

„Eben, genau das bereitet mir Kopfschmerzen. Wer weiß zu was er fähig ist, wenn er in die Enge getrieben wird. Der könnte total irrational reagieren. Wir wollen die Frau aber lebend da rausholen."

Plötzlich erschien der Mann mit seiner Geisel im Säulengang der den Campanile auf halber Höhe umgab.

„Ich verlange freien Abzug mit einem vollgetankten Wagen. Ihr habt dreißig Minuten Zeit, dann werfe ich die Frau hier runter."

Marek stieß Ghetti in die Seite.

„Habt ihr nicht so ein Deeskalationstraining gemacht?"

„Ich noch nicht, aber ich glaube unser neuer Brigadiere hat sowas mitgemacht."

„Dann sag ihm Bescheid, dass er mit dem Arsch reden soll. Damit gewinnen wir vielleicht Zeit."

Ghetti rief seinen Kollegen über Funk zu sich und kurz darauf erschien ein junger Brigadiere mit militärischem Kurzhaarschnitt und salutierte.

„Muss der hier so herumhampeln?", raunte Marek.

„Stehen Sie bequem, Spalletti. Sie haben doch ein Deeskalationstraining gemacht…"

„Ja, aber…"

„…gut, dann gehen Sie jetzt da raus und reden mit dem Mann. Halten Sie ihn hin."

Spalletti knallte wieder die Hacken zusammen, ging hinüber zum Turm und versuchte das, was er mal gelernt hatte, in die Tat umzusetzen.

„Es ist schon dunkel. Wie soll ich den da oben treffen und dann noch mit diesem Ding hier?"

„…verschwinde, oder ich knall dich ab", hörten sie den Mann vom Turm aus schreien.

„Wir haben Scheinwerfer im Wagen."

„Super. Lass einen, oder zwei genau auf den Kerl da oben richten. Vielleicht klappt's ja. Einschalten auf mein Kommando."

Ghetti verkniff sich die Frage, was denn klappen sollte und gab den Befehl weiter. Kurz darauf meldeten seine Kollegen Vollzug.

Ghetti sah Marek an. Der legte gerade die Schulterstütze des Sturmgewehrs an und lehnte sich gegen einen Pfeiler. Dann visierte er durch das Zielfernrohr die beiden Personen oben im Turm an, die er trotz der Dunkelheit einigermaßen klar erkennen konnte.

„Jetzt!"

„Anschalten", rief Ghetti in sein Funkgerät.

In diesem Moment wurde der Säulengang des Turms in gleißend helles Licht getaucht und der Mann dort oben hielt sich die Hand mit der Pistole instinktiv vor die Augen. Dabei drehte er sich für einen Augenblick von seiner Geisel weg.

Das war die Sekunde, auf die Marek gewartet hatte. Er drückte ab und der Mann kippte nach hinten und verschwand. Die Frau schwankte einen Moment nach vorne und Marek hatte die Befürchtung, sie würde herunterstürzen, doch dann verschwand sie auch im Inneren des Turms. Er hoffte inständig, dass er ihn auch richtig getroffen hatte.

„Los!", brüllte Ghetti und rannte mit Marek zusammen zum Campanile.

Zwei von Ghettis Kollegen waren schon drin und stürmten nach oben.

Als Marek völlig außer Atem oben ankam, sah er, dass die junge Frau einigermaßen wohlbehalten auf der Treppe saß. Sie stand aber offensichtlich unter

Schock.

Ein paar Stufen weiter unten lag der Mann, der drei Frauen brutal ermordete und beinahe sein viertes Opfer erledigt hätte. Ein blutiger Fleck hatte sich auf der linken Seite seines Mantels breitgemacht. Er war tot.

„Hübsches Loch", meinte Marek. „Was ist denn das für ein Kaliber?"

„5,56x45. War ein sauberer Schuss. Alle Achtung."

„Das Gewehr ist doch nicht so schlecht", grinste Marek. „Lass den Arsch gleich runterbringen. Hier ist es mir zu eng."

Zwei Carabinieri schleiften den Toten nach unten und legten ihn vor dem Turm ab, während Ghetti die junge Frau zu einem Krankenwagen geleitete.

Als er zurückkam, stand Brigadiere Spalletti vor der Leiche und starrte sie ungläubig an.

Ghetti stellte sich neben ihn und klopfte ihm auf die Schulter.

„Gut gemacht, Brigadiere. Ihr erster Toter? Das wird schon."

Spalletti sah ihn verwirrt an.

„Das ist es nicht, Maresciallo. Ich glaube, ich kenne den Mann hier. Ich hatte doch das Gefühl, dass ich ihn auf dem Foto in Ihrem Büro erkannt hätte."

„Stimmt und woher kennen Sie ihn?"

„Was ist?", fragte Marek, der sich gerade dazu gesellt hatte.

„Spalletti kennt den hier."

„Was? Woher?"

„Ja, das ist der Commissario aus Portogruaro, der neulich bei uns war und den Maggiore sprechen wollte. Er fragte mich nach dem Weg zu seinem Büro. Ganz sicher."

„Danke Spalletti", sagte Ghetti nach einer kurzen Pause.

„Ein Bulle…so eine Scheiße!"

Marek schüttelte den Kopf und steckte sich eine Zigarette an.

„Ich habe Dottore Lovati angerufen", meinte Ghetti und ließ die gesamte Piazza absperren.

18

Dottore Lovati erschien etwa zwanzig Minuten später.

„Buona sera, Commissario, Michele. Habt ihr das Schwein endlich erwischt?"

Marek führte ihn zu der abgedeckten Leiche und zog das Tuch zurück.

„Darf ich vorstellen…"

„…Vice Commissario Simeone", ergänzte Lovati.

„Sie kennen Ihn?"

„Sicher, wir hatten schon mal beruflich miteinander zu tun. Dass der dahinter steckt wäre mir nie eingefallen. Er war mir nicht gerade sympathisch, aber er wirkte immer sehr ehrgeizig."

„Das sagt uns jetzt auch, warum er so scharf darauf war selbst in den Mordfällen zu ermitteln. So konnte er sicherstellen, dass ihm niemand zu nahe kam."

„Aber er musste doch wissen, dass er irgendwann einmal einen Täter vorzuweisen hatte", warf Ghetti ein. „Lange wäre das sicher nicht mehr gut gegangen."

„Nein, du hast recht."

„So etwas nennt man multiple Persönlichkeit", er-

klärte Lovati, „er konnte das eine vom anderen peni-
bel trennen. Tagsüber war er der ehrgeizige Polizist
und nach Feierabend der brutale Mörder."

„Sie meinen so etwas wie Dr. Jekyll und Mr. Hy-
de?"

„Genau. Wahrscheinlich hatte er sogar tatsächlich das
Gefühl die Fälle aufklären zu können. So zumindest
würde das ein psychologischer Sachverständiger vor
Gericht vorbringen. Damit könnte das Strafmaß deut-
lich gesenkt werden, oder schlimmstenfalls hätte er
sogar nur eine befristete Einweisung in die Psychiat-
rie bekommen. Nur gut, dass Sie ihn erledigt haben,
bevor es soweit gekommen wäre. Na dann…"

Der Pathologe steckte sich eine neue Zigarette an
und machte sich an die Arbeit. Kurz darauf erhob er
sich seufzend.

„Da gibt's nicht viel zu sagen. Sauberer Schuss fast
mitten ins Herz. Der war schon hinüber, bevor er
aufschlug. Viel mehr wird auch nicht in meinem Bericht stehen. Das hier habe ich in seiner Tasche gefunden."

Er reichte Marek eine Plastiktüte mit einem Stück
Papier.

„Einen schönen Abend noch."

Damit drehte er sich um und verschwand.

Marek nahm den Zettel aus der Tüte und faltete

ihn auseinander.

Und alles das, warum im kurzen Leben
Ich nicht verzweifle, ja um deſſentwillen
Ich ſtolz mich ſeh' für letzte Zeit geſparet.

…stand dort zu lesen.

„Das letzte Terzett dieses Sonetts."

„Ein offenbar tödliches Sonett."

„Ja, aber jetzt nicht mehr. Allein für den Frevel ein so altes Gedicht für seine kranken Fantasien zu missbrauchen, hätte man den Kerl schon erschießen müssen. Was ist eigentlich mit der Frau?", fragte Marek.

„Sie heißt Alessia Bianchi und stammt aus Porto Santa Margherita. Laut Notarzt hat sie es unverletzt überstanden, wenn man von ein paar kleineren Kratzern und Blutergüssen absieht. Sie steht zwar noch unter Schock, aber sie wird es überstehen. Befragen müssen wir sie später. Der Arzt hat ihr ein Beruhigungsmittel gegeben."

„Ja, das hat ja jetzt auch Zeit. Wenn es dir recht ist, mache ich noch schnell ein paar Fotos für Silvana. Sie vierteilt mich sonst."

„Na klar", grinste Ghetti, „mach nur."

***

Als Marek nach Hause kam, rief er sofort Silvana

168

an. Sie war offenbar immer noch in der Redaktion.

„Ciao cara. Wir haben ihn. Wir haben das Schwein."

Zuerst herrschte kurz Stille und Marek hatte das Gefühl den Felsbrocken gehört zu haben, der von Silvana abgefallen war.

„Cara…"

„Ja, ich musste die Nachricht erst einmal verdauen. Das ist ja wunderbar. Wo habt ihr ihn erwischt?"

„Vorhin auf der Piazza Vescovado. Er hatte schon sein nächstes Opfer dabei."

„Ist ihr was passiert?"

„Nein, sie ist ok", log er, um sie nicht weiter emotional zu belasten. „Ich erzähle dir alles später, wenn du zu Hause bist."

„Kommt überhaupt nicht infrage. Wenn ich schon noch in der Redaktion bin, kann ich das auch gleich hier verarbeiten."

„Na gut, wie du willst", seufzte Marek und begann ihr alles ausführlich zu berichten.

„Du hast ihn erschossen? Ich bin stolz auf dich."

„Was? Ich dachte, du kannst den Gebrauch von Schusswaffen nicht ausstehen."

„Der hat es verdient. Den hätte ich sogar selbst erschossen. Deshalb finde ich es gut, dass du ihn erledigt hast."

„Das musst du aber nicht schreiben. Das war eine Polizeiaktion der Carabinieri von Caorle – sonst nichts."

„Überlass das mal mir, was ich schreibe. Gibt es auch Fotos?", wechselte sie sofort das Thema.

„Ja, gibt es auch."

„Kannst du sie mir gleich schicken? Du weißt doch hoffentlich noch, wie das geht?"

„Natürlich weiß ich das", tat er beleidigt, „ich schicke sie dir sofort."

„Danke, ich liebe dich."

Sie hatte schon aufgelegt, bevor er etwas erwidern konnte. Also machte er sich an die Arbeit.

***

Am nächsten Morgen saß Marek gemütlich beim Frühstück und schlug die Zeitung auf. Silvanas Artikel hatte es auf die Seiten eins und drei geschafft.

Dann rief Ghetti an.

„*Buon giorno*. Ich konnte vorhin die Signorina Bianchi kurz vernehmen. Sie hatte gestern Ärger mit ihrem Freund und wollte sich aus Frust eine Handtasche und Schuhe kaufen."

„Wer kauft denn aus Frust Handtaschen und Schuhe?"

„Frauen machen das anscheinend. Jedenfalls ging sie, da sie sich nicht entscheiden konnte, welche Tasche sie nun nehmen sollte, in diese Gelateria um etwas zu trinken. Dann wäre dieser Mann gekommen und hätte gefragt, ob er sich zu ihr setzen könnte. Er stellte sich als Alessandro vor und bestellte Prosecco. Er wäre so einfühlsam gewesen, dass sie sofort Vertrauen zu ihm hatte. Der Rest ist ja bekannt."

„Das die jungen Dinger immer auf sowas wie den hereinfallen müssen."

„Hast du schon die Zeitung gelesen?"

„Bin gerade dabei."

„Mambretti platzt bald vor Schadenfreude."

„Kann ich ihm nicht verübeln."

„Jetzt kam noch etwas heraus. Dieser Simeone wurde doch von Treviso nach Portogruaro versetzt. Den Grund hatte man dem Vice Questore vorenthalten. Es gab nämlich Gerüchte, dass er dort auch schon jungen Frauen nachgestellt hätte und es gab einen ungeklärten Todesfall kurz vor seiner Versetzung. Die Indizien sprechen dafür, dass er es war."

„Der hätte doch gleich suspendiert werden müssen. Wenn wir wenigstens seine Vorgeschichte gekannt hätten, wären wir direkt auf ihn aufmerksam geworden. So hat das jetzt noch drei Frauen das Leben gekostet."

„Ja, leider. Bei der Durchsuchung seiner Wohnung fand man neben dem ausgeliehenen Buch mit dem

Sonett weitere Bücher wie zum Beispiel *Casanova – Die Geschichte meines Lebens* oder *Marquis de Sade, Boccaccios Dekameron* und ähnliches."

„Da er eigentlich nur Durchschnitt war und niemand Notiz von ihm nahm, hat er wohl davon geträumt ein großer Verführer zu sein und wenn seine Auserwählten nicht so wollten wie er, brachte er sie einfach um."

„Sieht ganz so aus. Und die Verse?"

„Wie der Professor sagte, sie waren für ihn ein Ausdruck verschmähter oder unerreichter Liebe."

„Wie krank. Übrigens hat Mambretti eine Pressekonferenz einberufen. Silvana wird auch dabei sein. Kommst du mit dazu?"

„Nein, das ist nichts für mich. Macht ihr das mal alleine. *Ciao Michele*."

Epilog

Das im Roman verwendete Sonett ist das Sonett 131 von Francesco Petrarca in der Übersetzung von Karl August Förster aus den Jahren 1818-1819.

Der Originaltext lautet:

Io canterei d'amor sí novamente
ch'al duro fiancho il dí mille sospiri
trarrei per forza, et mille alti desiri
raccenderei ne la gelata mente;

e 'l bel viso vedrei cangiar sovente,
et bagnar gli occhi, et piú pietosi giri
far, come suol chi de gli altrui martiri
et del suo error quando non val si pente;

et le rose vermiglie in fra le neve
mover da l'òra, et discovrir l'avorio
che fa di marmo chi da presso 'l guarda;

e tutto quel per che nel viver breve
non rincresco a me stesso, anzi mi glorio
d'esser servato a la stagion piú tarda.

Und hier noch der übliche Spruch

Die Handlung und die Namen der handelnden Personen sind frei erfunden. Mögliche Ähnlichkeiten mit Namen lebender Personen oder tatsächlichen Ereignissen wären rein zufällig.

Im Text erwähnte Speisen

Bomboloni –
Krapfen (meist gefüllt)

Caffè corretto –
Espresso mit einem Schuss Grappa oder Brandy

Canneloni al forno –
überbackene, gefüllte Nudelrollen

Cannoli –
Gebäckrollen gefüllt mit Ricotta, kandierten Früchten
und Schokoladenraspeln

Cornetto –
Hörnchen oder Kipfel (meist gefüllt mit Vanillecreme, Schokocreme oder Marmelade)

Cotechino in galera –
gefüllter Rinderbraten

Farfalle all arrabbiata di mare –
Schmetterlingsnudeln mit gebratenen Meeresfrüchten in einer scharfen Tomatensoße

Frutti di mare –
gemischte Meeresfrüchte

Grissini –
dünne Gebäckstangen aus Hefeteig

Lepre alla cacciatora –
Hasenragout nach Jägerart

Marsoni friti –
frittierte Groppen (kleine Süßwasserfische)

Oca arrosta col sedano –
Gänsebrust mit Staudensellerie

Pane pugliese –
Weißbrot aus Hartweizensauerteig

Panino –
kleines Brot (ähnlich unseren Brötchen)

polenta –
fester Brei aus Mais-Grieß

Risi e scampi –
Scampi-Risotto

Tremezzini –
die italienische Variante von Sandwiches

Za'leti –
süße venezianische Maisbrötchen

Aus der Kommissar Marek Reihe sind bei tredition® bisher erschienen:

Kommissar Mareks trügerische Idylle
Kommissar Marek wandert aus
Der erste Fall
Überarbeitete Neuauflage / November 2008/März 2016

Der Venezianische Löwe
Kommissar Mareks zweiter Fall
Überarbeitete Neuauflage / Juli 2010 / Juli 2020

Dreikönigsfeuer
Kommissar Marek stößt an Grenzen
Der dritte Fall
April 2016

Der letzte Kreis der Hölle
Kommissar Marek kommt ins Grübeln
Der vierte Fall
Dezember 2015

…des die Rache ist
Kommissar Mareks fünfter Fall
Januar 2017

Nolde sehen und sterben
Kommissar Marek und die Kunst
Der sechste Fall
März 2018

Das Rätsel des Priesters
Kommissar Marek und die Mystik
Der siebte Fall
April 2019

Spurlos Der Fall Orsini
Kommissar Mareks achter Fall
April 2020

Tödliches Sonett
Kommissar Marek und die Lyrik
Der neunte Fall
Juni 2021

Volker Jochim

Das September Komplott

Roman

09/11 – diese Zahlen haben sich unauslöschbar in das
Bewusstsein der ganzen Welt eingegraben. Aber was geschah an diesem 11. September 2001 wirklich?
Dieser spannende Roman schildert die unglaublichen Ereignisse aus der Sicht eines investigativen Journalisten,
dem es mit seinem Team gelingt, die Hintergründe eines
gigantischen Komplotts aufzudecken, das bis in höchste
Regierungskreise reicht und der dadurch in Lebensgefahr
gerät.

Ist das die Wahrheit hinter der Wahrheit?

Volker Jochim

Die Apollo Lüge

Roman

Ein Jahr nach den Ereignissen vom 11. September 2001, wird der investigative Journalist Mark Phillips mit einigen Verschwörungstheorien zu den Mondlandungen der Apollo Missionen konfrontiert. Zusammen mit seinem Freund und Kollegen, dem Pressefotografen Ron Newman, beginnt er zu recherchieren, was tatsächlich dahinter steckt. Gemeinsam kommen sie einer unglaublichen Geschichte auf die Spur, doch jemand versucht das zu verhindern und schreckt dabei auch nicht vor Mord zurück.

Volker Jochim

Der Tote vom 8. Loch

Ein Oxford Krimi
Überarbeitete Neuauflage

Detective Sergeant Tyler Holmes von der Oxforder Polizei wird nach Woodstock, einem kleinen Ort in Oxfordshire, strafversetzt. Gleich an seinem zweiten Arbeitstag findet man auf einem Golfplatz in der Nähe eine übel zugerichtete Leiche. Sein bisheriger Vorgesetzter, DCI Cooper, übernimmt den Fall. Der Tote wird als Eigentümer des Herrenhauses „Woodstock Manor" identifiziert, doch Holmes glaubt nicht daran und ermittelt mit seinen neuen Kollegen auf eigene Faust weiter. Für ihn gibt es noch zu viele offene Fragen. Zum Beispiel warum der Tote ausgerechnet am achten Loch platziert wurde. Das muss eine Bedeutung haben, glaubt Holmes. Bei seinen Ermittlungen wird er mit einem älteren Fall konfrontiert. Gibt es da eine Verbindung zu dem Toten vom Golfplatz?

Volker Jochim

Nied Blues

Ein Frankfurt Krimi
Überarbeitete Neuauflage

Die Nacht zu Fastnachtssamstag. Eine schwarz gekleidete Gestalt mit einem auffallend weißen Gesicht eilt durch den Nebel, der von Main und Nidda kommend, in die Straßen des Frankfurter Stadtteils Nied zieht. Kurz darauf wird diese Gestalt auf der Treppe an der Wörthspitze ermordet aufgefunden. Kommissar Keller, ein kauziger, wortkarger Mann, der wegen seiner unkonventionellen Methoden bei seinem Dezernatsleiter schon lange in Ungnade gefallen ist, muss mit den Ermittlungen beginnen, bekommt den Fall am nächsten Tag aber wieder entzogen. Ein junger Hauptkommissar übernimmt und präsentiert kurz darauf einen Verdächtigen – einen Künstler, der die Tote als letzter gesehen hatte. Heimlich ermittelt Keller mit seinem Assistenten Petersen weiter und kommt zu dem Schluss, dass das Motiv dieses Mordes weit in die Zeit des zweiten Weltkrieges zurückreicht. Der Fall nimmt eine für alle völlig überraschende Wendung.

Volker Jochim

Gib mir das Gefühl zurück

Novelle
Überarbeitete Neuauflage

Ein Mann erfährt bei einem Besuch seiner Heimatstadt vom Tod seines Jugendfreundes, mit dem er auch in der 68er Bewegung aktiv war, bevor sich ihre Lebenswege trennten. Überrascht davon, wie sich sein Freund von einem überzeugten Kommunisten zu einem Unternehmer wandelte, arbeitet er, zusammen mit der Witwe seines Freundes, die Vergangenheit auf.

Auf einfühlsame und doch unterhaltsame Weise, wird hier der 68er Generation ein Spiegel vorgehalten

Zeitfracht Medien GmbH
Ferdinand-Jühlke-Straße 7
99095 Erfurt, Deutschland
produktsicherheit@kolibri360.de